翻譯基礎

Translation 101
Principles and Practice

BOOKMAN TRANSLATION LIBRARY

翻譯基礎

Translation 101
Principles and Practice

101

周兆祥 編著

國家圖書館出版品預行編目（CIP）資料

翻譯基礎101 = Translation 101: Principles and
　Practice / 周兆祥編著. -- 一版. -- 臺北市：書林
　出版有限公司，2025.07
　　面；　公分. --（譯學叢書；67）
　　ISBN 978-626-7605-18-9（平裝）

　　1.CST: 翻譯學

811.7　　　　　　　　　　　　　　114003489

譯學叢書 67
翻譯基礎 101
Translation 101: Principles and Practice

編　　　　著	周兆祥
校　　　　訂	蘇正隆、王慧娟、黃翠玲、黃育文、李延輝、李勝也
編　　　　輯	張雅雯
校　　　　對	王建文
出　版　者	書林出版有限公司
	100 台北市羅斯福路四段 60 號 3 樓
	Tel (02) 2368-4938．2365-8617　Fax (02) 2368-8929．2363-6630
台北書林書店	106 台北市新生南路三段 88 號 2 樓之 5　Tel (02) 2365-8617
學校業務部	Tel (02) 2368-7226．(04) 2376-3799．(07) 229-0300
經銷業務部	Tel (02) 2368-4938
發　行　人	蘇正隆
郵　　　　撥	15743873．書林出版有限公司
網　　　　址	http://www.bookman.com.tw
登　記　證	局版臺業字第一八三一號
出　版　日　期	2025 年 7 月一版初刷
定　　　　價	400 元
I　S　B　N	978-626-7605-18-9

本書由商務印書館（香港）有限公司授權中文繁體版，限在台灣地區出版發行。
欲利用本書全部或部分內容者，須徵得書林出版有限公司同意或書面授權。
請洽書林出版部，Tel (02) 2368-4938。

出版說明

　　《翻譯基礎101》可做為翻譯課程教材，也適合翻譯工作者職涯進修。作者有數十年的實務及教學經驗，不空談理論，而是按部就班提示翻譯方法與技巧，同時也涵蓋實務工作應注意的細節，如規劃翻譯時程、避免譯文常見毛病、確保交稿格式合用、如何參考合適的工具書等，可為學習翻譯奠定良好基礎。

　　本書改編自《翻譯初階》，廣為港台大專院校採用，書中闡述了許多重要的翻譯概念。有些譯者沒有認清英語的句子為語法單位，只要有主詞、動詞的完整句子，就需要使用句號；漢語則是意義單位，意思表達完畢才使用句號，翻譯時不應一味照原文標點符號來斷句。再來是翻譯常有「原文是動詞，譯文也必須翻成動詞」的迷思，如譯入語習慣以名詞或形容詞來表達，則應順應譯入語的表達習慣。

　　本次改版內容經大幅翻修，參考書目也全面更新，提供與時俱進的示範實例，如正確的 Google「限定搜尋」方法，Google Ngram Viewer，Sketch Engine 等，皆基於主要校訂者蘇正隆教授多年來翻譯研究與教學經驗；此外幾位台灣翻譯學界的王慧娟教授、黃翠玲教授、黃育文教授、李延輝教授也拔刀相助，提供寶貴增修意見。能幫助學習者奠定良好基礎，也可讓一般人士對翻譯有正確的認識。

書林出版部 謹識
二〇二五年六月

目　次

出版說明 　　　　　　　　　　　　　　　　　　　i

第 1 章　譯者的角色

1　任重道遠的事業　　　　　　　　　　　1
2　翻譯的承繼與蛻變　　　　　　　　　　1
3　翻譯工作的本質　　　　　　　　　　　2
4　譯者眼中的翻譯　　　　　　　　　　　4

第 2 章　翻譯的步驟

1　縝密安排的工作　　　　　　　　　　　5
2　翻譯合作的模式　　　　　　　　　　　6
3　翻譯的階段　　　　　　　　　　　　　7
4　翻譯的前置準備　　　　　　　　　　　8
5　初稿與潤飾階段　　　　　　　　　　　13
6　譯文完稿　　　　　　　　　　　　　　15
7　規劃進度　　　　　　　　　　　　　　18

第 3 章　翻譯的方法

1　「直譯」與「意譯」　　　　　　　　　20
2　延續千年的爭論　　　　　　　　　　　20
3　走出直與意之爭　　　　　　　　　　　21

	4　依需求採取立場	22
	5　翻譯的自由度	25
	6　尊重作者與強調效力	29

第 4 章　翻譯的技巧

	1　語言轉換的基本功	31
	2　或增或減或變	32

第 5 章　翻譯的標準

	1　衡量翻譯的標準	41
	2　四大公認的標準	41
	3　因應案件靈活調整	48

第 6 章　理解原文的方法

	1　選用合適的工具書	50
	2　向相關機構查詢	57
	3　向專業人士請教	58
	4　使用網際網路追查資料	59

第 7 章　譯名的原則與藝術

	1　譯名的翻譯原則	65
	2　譯名矛盾與統一	86

第 8 章　文類的認識和處理

	1　認識文類的特色	88

2　處理知性的文字　　　　　　　　　　88
　　3　處理感性的文字　　　　　　　　　　97

第 9 章　譯文常見的毛病

　　1　原文理解能力不足　　　　　　　　106
　　2　專業知識不足　　　　　　　　　　112
　　3　文化修養不足　　　　　　　　　　117
　　4　語言藝術修養不足　　　　　　　　121
　　5　囿於原文語法形式　　　　　　　　123
　　6　譯文措詞不當　　　　　　　　　　126
　　7　粗心大意　　　　　　　　　　　　128
　　8　錯別字　　　　　　　　　　　　　129

第 10 章　譯文的潤飾與審校

　　1　潤飾審校如何重要　　　　　　　　131
　　2　潤飾與審校的方法　　　　　　　　132

第 11 章　翻譯的理論與參考書

　　1　翻譯理論的用處　　　　　　　　　136
　　2　認識翻譯理論　　　　　　　　　　137

第 12 章　翻譯腔與文字污染

　　1　擺脫原文干擾　　　　　　　　　　144
　　2　認識英漢語法差異　　　　　　　　152

第 13 章 翻譯與標點

    1   譯者對標點符號應有的認識   159
    2   標點符號的使用時機   159

第 14 章 翻譯與注釋

    1   譯者對注釋的認識   167
    2   原文的注釋   167
    3   注釋的形式   168
    4   注釋的內容   169
    5   取捨的原則   170

第 15 章 數字與度量衡的翻譯

    1   處理數目字   172
    2   倍數與分數的表達   176
    3   不確定的說法   178
    4   度量衡的翻譯   185

第 16 章 縮寫與專門術語的翻譯

    1   簡稱與縮略語   188
    2   專門術語   195

第 17 章 藝術語言的翻譯

    1   句法的修辭手法   200
    2   詞義的修辭手法   204
    3   音韻的修辭手法   220

第 18 章 改善原文

1	譯者的權利和責任	222
2	原文修改的考量	222
3	值得改善的情況	225
4	專業工作的原則	229

附錄 1	翻譯方法的區分與界定	228
附錄 2	中文與英語標點符號的比較	233
附錄 3	各國人名的特色和譯法	241
附錄 4	英漢譯音參考表	254
附錄 5	數字使用法	260
附錄 6	國際單位制具專門名稱的導出單位	263
附錄 7	非國際單位制單位	264
附錄 8	國際單位制構成十進倍數和分數單位的詞頭	265
附錄 9	羅馬數碼表示法	266

參考書目   269

第 1 章
譯者的角色

1 任重道遠的事業

　　翻譯工作是最古老的行業。在人類歷史上，無論在任何時代、任何社會，只要存在多種語言，就有翻譯工作者。透過譯者所搭建的橋樑，來自各地的宗教、知識與技術得以跨越語言藩籬，千百年來影響人類社會在政治、經濟與文化等方面的發展。

　　在二十一世紀，如今我們正身處一個瞬息萬變的世代，交通和科技蓬勃發展，國際交流極為頻繁，使得翻譯工作者的角色顯得格外重要。譯者不僅促進國際交流與合作，也讓來自不同文化、使用不同語言的人有了解彼此的機會。

2 翻譯的承繼與蛻變

　　回顧過去，我們會發現，如今的翻譯工作者與歷代譯者，無論是在工作性質與觀念上，已有很大的轉變。以往——尤其是上世紀——翻譯工作多由未經專業訓練的個人兼任。除了政府部門、商業機構與文化機構（特別是宗教團體），一般翻譯

工作通常不會聘用專業譯者,譯者在翻譯時往往缺乏明確標準或專業操守可遵照。

此外,大眾對於翻譯的認知也較有限。許多人誤以為譯者只需掌握兩種語言,即能夠勝任翻譯,因此只需要提供抄寫員、打字員的薪酬,便能請專業譯者翻譯。

而當時受到大眾注意、為評論家垂青的翻譯工作,多屬翻譯宗教、文學及哲學等的文獻。這類文本需要譯者「畢恭畢敬」,竭力保留原文的所有特色。因此,譯本往往較不受重視,視為次等文獻,只是原著的「仿製品」,譯者的地位自然也遠不及原作者。

到了二十世紀末,譯者的地位逐漸提升。一方面,新一代的譯者大多是「科班出身」,具有專業背景並接受正規訓練,薪資待遇與社會地位隨之提升,服務與譯文品質普遍改善。

另一方面,譯文的需求亦有所轉變 —— 過去講求忠實保留原文特徵的譯本需求減少,取而代之的是便於讀者理解,能夠產生預期效果的文字。如此轉變拓展了翻譯工作的範疇,也使譯者面臨的挑戰更加複雜,專業能力與素養也需不斷增進。

3 翻譯工作的本質

如今的翻譯工作者,可說是一群具專業操守與服務精神的

「傭傭兵」，穿梭於不同語言間傳遞資訊。譯者的任務需完成以下三大目標，並以能否滿足這些條件，來衡量其工作成果：

(1) 滿足客戶需求

客戶會委託譯者翻譯，大多是因為期望透過譯文達到特定目的，例如產品促銷、了解新知、營造形象、打贏官司等，於是譯者接下任務，負責「生產」符合目的的譯文。因此，譯者的專業不僅在於語言轉換，也在於是否能滿足客戶需求，達成目標。

(2) 尊重原文作者

若原作者有其獨特的風格及遣詞用字，為強調原作的面貌與特色，譯者有責任於翻譯時盡可能保留原文的各種特徵，即使這有可能影響譯文流暢度、吸引力或說服力。例如：

◆ 觀看翻譯荒謬劇演出的觀眾，會感受到「這是荒謬劇」。
◆ 讀政要致詞翻譯稿的讀者，會意識到「這是某某總統的演講稿」。

(3) 促進文化發展

翻譯使得知識、技術與思想得以於國際間傳遞，為文化帶來養分，拓展大眾的視野。這些資訊成功傳遞，得益於翻譯工作者的專業，譯者不僅要精準轉譯內容，還可能

參與選書與提案，讓優質書籍得以呈現讀者眼前，對文化的發展影響深遠。

4 譯者眼中的翻譯

現代的譯者於翻譯時可以抱持怎麼樣的態度？

- ◆ 翻譯有如搭建橋樑，讓說著不同語言的人能跨越語言鴻溝，相互交流與理解。
- ◆ 翻譯有如澆花施肥，為本土文化注入養分，使其生機盎然，孕育出新的果實。
- ◆ 翻譯有如演奏樂曲，重現作曲家的精神，使其穿越時空，再次活躍於世。譯者與讀者的角色，猶如演奏家與聽眾的關係，共同參與原文的再創造。
- ◆ 翻譯有如傳播福音，向讀者分享有益的知識與觀點，從而影響你我的生活。

第 2 章
翻譯的步驟

1 縝密安排的工作

　　翻譯工作是如何進行的呢？一個人坐在書桌旁，對著原稿或螢幕，桌旁堆放著各種文件，以及詞典等工具書，一整天伏案筆耕，時光悄然流逝。

　　這似乎是外行人對翻譯工作的印象。許多人誤以為翻譯過程枯燥沉悶，譯者獨自一人工作，彷彿與外界隔絕，完全沉浸在語言的世界。雖然歷史上確實有不少譯者都是如此翻譯，但這種刻苦的形象，其實不太符合現代專業譯者的工作寫照。

　　二十世紀下半葉，翻譯逐步走向專業化，譯者的工作態度和方式也產生轉變。除了得獨自一人通讀原文、琢磨譯文，譯者同樣還要花許多精力，做各式各樣與翻譯同等重要之事，而這些，往往為外行人所忽略。

　　如今的專業翻譯往往涉及不少複雜的階段。譯者的工作不只是打開原稿、揮筆「生產」譯文，偶爾翻查詞典這麼簡單，更像是完成一項縝密安排的任務，從接案到完稿，譯者要完成

前置準備、初步翻譯與審閱潤飾等階段，有時還需團隊分工，每一步都須按部就班，謹慎執行。

2 翻譯合作的模式

要談翻譯的「步驟」，首先要認識翻譯進行的「方法」，也就是譯者要如何工作，又要如何與人合作。一般來說，翻譯合作模式大致分為以下幾種：

- 一位譯者獨自翻譯，視情況尋求專業人士的建議與協助。
- 兩三位譯者合作翻譯，視情況尋求專業人士的建議與協助。

> 合作的方式也有兩種：
> 一種是由同一位譯者先完成初稿，再交由其他譯者根據專業領域或修辭等角度進行審閱。另一種則是將原文分配給不同的譯者，每位譯者負責翻譯特定部分，最後將各自的譯文整合成完整的譯文。

- 多名譯者組成翻譯小組，受專家顧問委員會的審查與指導。

由一位譯者負責全文翻譯，是最常見的情形，一方面是省事、權責分明，另一方面譯文用詞、風格，以及對原文的詮釋也較一致。譯文品質則取決於該譯者的專業能力及事前準備是否充分。

多人合譯的好處是節省時間，縮短翻譯時程，集不同背景與專長的人才於一堂，共同發揮所長。譯者經過切磋交流後，對原文的理解往往更加透徹且全面。

如果是成立翻譯小組，譯者向審譯委員會負責，該委員會有最後決定權，並為譯文品質負責，而第一及第二種模式則由譯者自行負責。究竟採用哪一種方法，可以視以下幾種因素而定：

- 委託者的意願
- 譯者翻譯能力
- 時間是否充裕
- 預算是否充裕
- 原文篇幅長短
- 案件難易度及譯文的水準

3 翻譯的階段

翻譯工作大致可以分為四大階段：

前置準備 → 譯出初稿 → 審閱潤飾 → 譯文完稿

這些程序各有多重要，需要付出多少資源，又需要尋求多少人協助，得花上多長時間，皆依案件情況而定，每次需投入的程

度皆不同。若原文內容深奧難解,前置準備會特別費時費力;若譯文要求品質極高,於琢磨階段也會花上不少資源與心力。

以下以一人獨自翻譯的情形,逐一介紹翻譯工作的階段。

4 翻譯的前置準備

譯者在書桌前坐下來,動手「生產」譯文之前,應先完成一系列前置作業,其中包括:

(1) 熟悉原文領域

譯者應對原文涉及的領域(如科技、法律、宗教等)有相當認識,並且熟悉該文體(如新聞報導、教科書等)的行文規則與特色。倘若這方面知識有所不足,必須及早補上缺口,一方面找相關資料研讀,另一方面尋求客戶及專家協助。

二十世紀以來,隨著眾多新學科興起,翻譯工作碰到的文獻包羅萬象。譯者除非對原文相關領域已十分熟悉,比如於同個機構服務多年,或已充分掌握了相關資料,否則要在資源容許的情況下盡力熟悉,務求譯文既不曲解原意,讀起來又像原創作品般流暢自然。譯者也應熟悉相關文類的寫作方式,例如英譯自傳、證書或商業書信,就要先學會怎樣用

英文寫這類應用文；要中譯財經新聞或競賽資訊，也要熟悉中文報導的寫作風格。

(2) 掌握案件背景

掌握翻譯案件的背景資訊，有助於採取適當的翻譯策略。譯者若對案件了解不深，又與客戶默契不佳，可能到交稿後，才發現譯文不符需求、錯誤頻出，雙方損失慘重。因此，專業譯者不容掉以輕心，在接到案件之後，應主動聯繫客戶，掌握以下背景資訊：

- ◆ 客戶本身的背景與立場為何？
- ◆ 客戶為什麼會委託譯者翻譯？
- ◆ 客戶具體期望達到什麼目標？
- ◆ 客戶有什麼特定觀點或偏好？
- ◆ 客戶本身形象為何？或想營造什麼形象？
- ◆ 客戶容許譯者自由改動譯文的幅度為何？

譯者深入了解客戶需求後，應進一步分析譯文使用情境與讀者特性，以確保譯文能有效傳遞訊息，達成客戶目的：

- ◆ 譯文目標讀者群有什麼特徵？
  例如 年齡層、專業背景、文化背景

- 譯文是否有行文的特殊要求？
  例如 遵照既定詞彙或傳統行文風格

- 譯文將會透過什麼媒介發放？
  例如 小冊子、網路、報告書

- 譯文透過什麼途徑接觸讀者？
  例如 免費贈閱、發售、公開張貼

搜集以上資訊的最佳方法，是爭取機會與客戶開會詳談，並索取相關資料仔細研究，例如公司年報或先前出版的同類刊物等。

(3) 認識原文內容

對原文了解不夠，輕率下筆，不知要先跟作者「溝通」（所需程度次次任務不同），是未達專業水準的譯者常犯的毛病。譯者在翻譯之前，通常需至少通讀原文兩次：

- 第一次可以讀比較快、較偏向直覺（用「心」來讀），掌握整體印象與「感覺」，找出作者想「講什麼」，又如何講出來。
- 第二次則讀特別仔細、較冷靜客觀（用「腦」來讀），釐清作者「講什麼」內容細節，梳理章節的邏輯關係。

在閱讀原文時，譯者也要取得以下的資訊，是多是少視案件情形而定：

- 作者生平背景
  例如 時代、立場、地位

- 作者寫作背景
  例如 原文寫作動機、當時社會環境
  狄更斯和金庸傳世之作,最初多是每日連載,了解這點有助於詮釋作品特色

- 作者行文風格
  例如 個人修辭風格、藝術造詣、表達能力

- 各界對原文、對作者,和其主張的評價與詮釋

此外,譯者在閱讀理解原文時,除了要和作者當朋友,還需留意以下幾點:

- 記下原文所有理解的疑難。在閱讀原文時,可能會發現疑難處,或雖已理解原文內容,但預見翻譯時可能較為困難。這些挑戰可能包括缺乏公認譯法、文化差異、原文矛盾,甚至打字錯誤或印刷錯誤等問題。

- 設想譯文讀者對原文內容及表達方式的反應。例如原文基於特定文化背景大量舉例,可能會讓讀者感到陌生、無趣;又或是原文期望呈現的幽默,不容易為譯文讀者欣賞。譯者應考量這些情況,構思合適的翻譯策略。

綜上所述，專業譯者深知通篇理解原文十分重要，即使只負責翻譯一部分，譯者也應先通讀全文，甚至重複閱讀幾遍，充分理解後再開始翻譯。

若在未讀完全文前開始翻譯，容易錯估案件所需的時間與難度。有些文本開頭行文淺易，後半卻深奧難懂；有時得要讀到文末，才會了解前段真正深意，這些情形都可能需花大量心力與時間翻譯和修改，導致無法按預定時間交稿；甚至能力不足以繼續翻下去時，只能央請客戶另尋譯者，不僅造成客戶的損失，也會損害譯者聲譽，有違專業操守。

總結來說，在未讀完全文即開始翻譯，可能會面臨以下難題：

- ◆ 讀到最後才理解前文含義 → 前後矛盾，需大幅修改
- ◆ 開頭簡單但後段困難重重 → 翻譯進度延誤導致超時
- ◆ 翻到一半才發現無法勝任 → 客戶另找譯者有損信譽

(4) 疑難查證

譯者在閱讀原文時，難免會遭遇理解上的障礙，應在動筆翻譯之前，先逐一查證釐清，同時搜集參考資料，以便日後撰寫譯者序或譯者注。

(5) 擬訂規則

譯者在開始翻譯之前應擬訂規則,並於翻譯階段嚴格遵行,例如:

- ◆ 人名與地名等翻譯根據
  例如 採用威妥瑪拼音或漢語拼音等
  　　　或依譯音表、客戶資料來翻譯

- ◆ 遇到何種情況需附注釋
- ◆ 依照英式還是美式拼法
- ◆ 採用何種標點符號規則
- ◆ 主次標題採用何種格式
  例如 是否需要加底線、字級區隔等

- ◆ 採用台灣、香港、中國大陸還是新加坡的詞彙

以上步驟若能在翻譯一開始即徹底執行,可為日後省去諸多困擾。若為多人合譯,則更需依循準則執行,方能發揮分工合作的優勢,避免後續需大幅修訂。

5 初稿與潤飾階段

(1) 譯出初稿

上述準備工作大致就緒後,便可開始進入「真正」的

翻譯階段。此時，譯者需全神貫注，與作品之間產生緊密的「互動」（interaction），深入理解並轉化原文的內涵，同時兼顧工作效率與譯文品質。以下原則與心得，值得參考：

準備翻譯	採用最順手、最習慣的工具來產出譯文，例如常用的文書處理軟體或是翻譯輔助軟體等。
開始翻譯	採用較「自由」的態度翻譯，著重譯文流暢自然與溝通傳意效果。擺脫原文的句法結構及表達方式上的束縛，不拘泥於逐字逐句的翻譯，力求譯文引人入勝，讀起來有如原創的文字，又能準確傳達原文涵義。
段落標號	用紅筆或文書軟體為原文每一段編號，譯文也以相同方式編號，方便核對及討論，避免遺漏或改錯地方。
詞彙管理	記錄主要術語及詞彙的翻譯，確保譯文用詞一致，方便後續參照，也方便編寫詞彙翻譯對照表及索引。
進度管理	不需按照原文篇章次序翻譯。最難翻譯的部分通常留到最後處理，書名的翻譯也可留到最後決定。遇上難譯的部分，暫且留空等待靈感，同時主動尋求協助。
送交審閱	不必等到全篇大功告成才開始審閱，譯稿完成一部分即可送交審稿者、專家甚至客戶審閱，及早糾正理解及表達方式的偏差。

(2) 審閱潤飾

　　這個階段對於譯文品質影響至大，專業譯者不會敷衍了事，細心審閱每一行字。至於值得付出多少資源，又需要做得多徹底，可與客戶討論之後，依實際情況而定。關於潤飾與審校的藝術與技巧，本書第 10 章有更詳細的介紹。

6 譯文完稿

　　所謂的「完稿」，就是最後送到客戶手上的譯文文稿。完稿製作品質包括版面整潔、字體合宜、格式正確、紙張裝訂等，這些「外觀」上的呈現，或多或少反映出譯者的專業能力與態度。

　　製作完稿有許多要注意，包括：

◆ **仔細檢查最重要。**有時譯者在翻譯後期才決定改變某個詞的譯法，得需盡力找出文稿中該詞出現之處，逐一修改。然而，要在數十萬字中尋找，容易掛一漏萬，可透過電腦搜索功能，找出同一詞彙在譯文裡出現不同譯法的情形。此外，有時譯文經過多次修改與謄正，常導致部分段落或語句會在修訂時漏打或漏改，或貼錯地方；或有時譯者、審閱者或校對者修改時刪除了字句，卻忘了補上修正的譯文。上述情況十分常見，但作為專業服務而言，是難以原諒的失誤。

◆ **字體清楚也很重要。**早年翻譯是用手寫交稿，譯者尤其注重

字跡工整易讀。即使翻譯以電子形式進行，譯者仍注意手寫是否工整。以書籍翻譯為例，譯文經排版軟體轉成書頁後，一次需校對三、四百頁，因此許多譯者會在紙稿上校對，不僅是為了減輕眼睛負擔，而是紙稿相較螢幕，往往能夠看得更全面。因此字體清晰依然是譯者的基本功，避免排版人員誤謄或改錯字。

而電子檔交稿雖然十分便利，仍需注意字體通用與字級合宜，避免傳到客戶手上時格式錯亂，影響閱讀。這種格式問題在翻譯圖表時尤為常見，時常字級過小，導致客戶收到後還需要調整。而若要修正圖表，應在圖表中填上正確譯文，不必重繪圖表。

◆ **按照譯入語該類文件習慣翻譯。**新聞稿、商業書信等文體在不同語言中各有其慣用的表達方式，應充分了解這些異同，並將客戶的需求與利益等因素納入考量來產出完稿，以使交稿後客戶無需過多編輯或修改。

◆ **預先了解譯文交稿後如何使用。**如譯文將於美語或英語系國家發行，應固定採用英式或美式用法，兩者不僅拼寫與用詞有所不同，日期、數字，以及標點符號等也有差異，事先釐清這些資訊，有助於避免後續校對時需大幅修改。

此外，譯者亦應事先了解交稿方式，常見方式如下：

- 以電子郵件傳給客戶

- 郵寄印好的完稿一份
- 以雲端硬碟傳給客戶
- 用隨身碟或光碟寄給客戶

　　以上都是譯者可能的交稿方式，其所需的勞力與成本各異，應納入收費考量當中。交稿時，也可能需一併附上譯者注釋或解釋，並清楚標示位置與順序，以便客戶確認譯者對原文所作解釋及補充資訊無誤。關於注釋的處理原則，詳見本書第 14 章。

　　客戶選擇交稿方式因素有很多，例如採購案結案時，除了以電子郵件、雲端上傳等方式提供譯文完稿，通常還需額外寄一式多份的隨身碟或光碟存檔。如譯稿後續會經專家審閱或編輯校對，可能會需提供紙本稿，客戶若需分送多方審閱，可以此列印多份。

　　如譯稿後續會經排版轉成書頁，則交稿時電子檔中應清楚標示架構，例如主標題、次標題、空行、縮排、字級等提醒標示，以及粗體、斜體、中英符號等格式設定，需於交稿前調整好，以避免排版時誤套樣式。原文若有以粗體或斜體突顯某段文字，譯文也應採相應方式呈現。

　　隨著排版軟體的普及，出版書籍不再專屬於少數專業出版公司。譯者原本僅負責交稿後校對的工作，如今還可能涉足其他出版過程，例如兼任編輯、校對、選書、風格設計等。未來這種合作模式或許愈發流行，譯者的角色不僅是譯文的「生產者」，還可能是書本的「製作者」，發展潛力多元。

7 規劃進度

　　一般的翻譯案件大多是由譯者獨立作業，依個人步調規劃進度。然而若承接大型專案，需與他人協作時，更需謹慎規劃，統籌資源。例如，譯者應預先設想各翻譯階段需完成什麼任務，以及需要什麼協助等，這些考量與安排，可說是一門不簡單的學問。案件能否如期完成，甚至譯文品質好壞，全憑譯者是否妥善規劃。

　　客戶委託翻譯服務，通常要求以最低成本、最短時間，產出高品質又合用的譯文。譯者要如何最佳化生產力，其實與企業管理哲學頗為相似。執行大型翻譯案件，需要像企業般縝密規劃、確實執行，才能發揮出合作的優勢。

　　以下將翻譯進度分為小型及大型翻譯計畫，可依本章前段所列之翻譯步驟，綜合實際情形與客戶期望，並納入譯者自身與合作者的能力與效率等因素，制定出更周密的翻譯進度表。

(1) 小型翻譯案件

　　小型翻譯案件通常由譯者一人包辦，篇幅較短、難度較低，交稿時限往往更為緊迫。儘管如此，若時間允許，譯者除了細讀原文之外，仍應事先熟悉相關領域，掌握背景資訊，待準備充分後再開始翻譯，其進程大致如圖 2-1。

```
細讀原文 → 查詢疑難 → 譯出初稿 →[丟開初稿 48小時]→ 審校潤飾 → 譯文完稿
```

圖 2-1 小型翻譯任務進度表

(2) 大型翻譯計劃

　　大規模的翻譯任務,例如重譯《聖經》或翻譯法典,往往得歷時十年八載,通常需成立專責小組,聘請專業行政人員協助規劃與執行。相較之下,一般商業翻譯時限較短,通常在數天至數週內完成。

　　如上所述,大型翻譯計畫需事先縝密規劃統籌,確實執行,其翻譯進度表大致如圖 2-2(以四個月的專案為例)。

大型翻譯任務進度

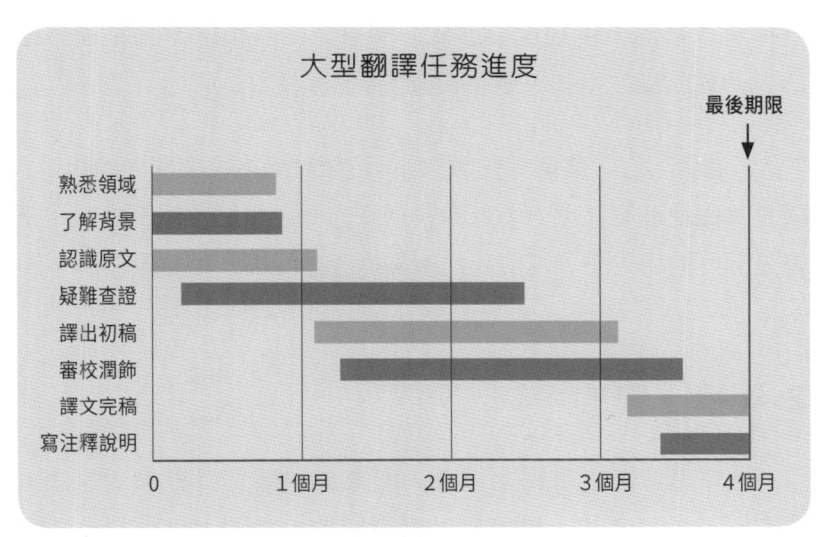

熟悉領域	0–1個月
了解背景	0–1個月
認識原文	0–1個月
疑難查證	0–3個月
譯出初稿	1–3個月
審校潤飾	1–3.5個月
譯文完稿	3–4個月
寫注釋說明	3.5–4個月(最後期限)

圖 2-2 大型翻譯任務進度表

第 3 章
翻譯的方法

1 「直譯」與「意譯」

「究竟應該採取怎樣翻譯策略才對？」

「直譯、意譯，哪種做法比較正確？」

這些疑問時常縈繞初入行譯者的心頭。翻譯像演奏音樂、養育兒女一樣，沒有唯一的方法，既是技術，也是藝術，同時具備科學層面，近代更發展成一門專業。若指望掌握某種「方法」，從此無往不利，是不切實際的。

「直譯」好，還是「意譯」好，這類討論往往把問題簡化了，僅是片面地理解。然而，直譯與意譯的概念仍然困擾不少人，正好是個好的切入點，幫助我們深入探究翻譯工作是怎麼一回事。

2 延續千年的爭論

直譯與意譯之爭由來已久，歷來於中國翻譯界備受討論，已有一千七百年以上的歷史。東漢時期，中國大量翻譯自西域

傳來的佛經，要如何翻譯這些經典，不同譯者提出不同的主張。

到了東晉，高僧道安大力鼓吹忠實保留原文的本貌，倘若為了遷就讀者，而改變原文詞序、刪削原文內容，甚至將樸質的風格譯得華美，都是錯誤的做法。後世將這種主張稱為「直譯」。

而東晉另一位高僧鳩摩羅什則持不同看法，認為譯文不應處處受到原文形式的約束，主張一方面以流暢易懂的譯文傳達原文意旨，另一方面刪減原文中繁瑣的內容，以提升譯文吸引力。後世將這種做法稱為「意譯」。

到了二十世紀，翻譯哲學再度引發諸多辯論。部分譯者和學者將「直譯」與「意譯」視為對立的主張，直譯派甚至批評提倡意譯者為胡譯、亂譯，意譯派則回擊對方是在硬譯、死譯。[1]

3 走出直與意之爭

二十世紀上半葉，中國翻譯界曾有理論探討，將「直譯」與「意譯」視為互斥的觀點，試圖爭出孰優孰劣。然而，此番爭論對理解翻譯工作，並無實質助益。那麼，今時今日從事翻譯工作，應該如何看待這場延續千年的論辯？當代語言學與翻譯學理論的發展，又能為我們帶來哪些新的視角？

我們可以這樣理解箇中道理：古往今來，許多思想上的分歧，往往源於概念與立場的對立，直譯與意譯之爭亦不例外，其中有相當大的誤會成份。直譯與意譯，這種二分的概念本身就大有問題：

- ◆ 爭論的焦點，應在於譯者處理原文的自由度，所以「直」與「意」的標籤未盡貼切，容易引起誤解。更精確的說法，應是「較少自由改動」與「較多自由改動」這兩種取向。

- ◆ 直譯與意譯，這種二分法過於簡化，忽略了翻譯過程中於句法、文化、語用、修辭等需靈活改動的情形。譯者在下筆時應採取何種態度和策略，需綜合考量多重因素，直譯與意譯僅是其中之一。

4 依需求採取立場

事實上，直譯與意譯並非對立關係，兩者在翻譯工作中，不僅能夠並存，還能相輔相成。更確切地說，它們應是兩種不同的取向，我們如下圖以連續體呈現，一端為直譯，另一端為意譯，這並非表示兩者對立，而是提供譯者在翻譯時考量改動幅度的評量依據。

在開始翻譯之前，我們可以參考「直譯——意譯」的連續體（continuum），選擇一個「立場」來決定翻譯策略。當需要較大幅度改動原文時，可以選擇 7，甚至 9；若希望改動幅度較

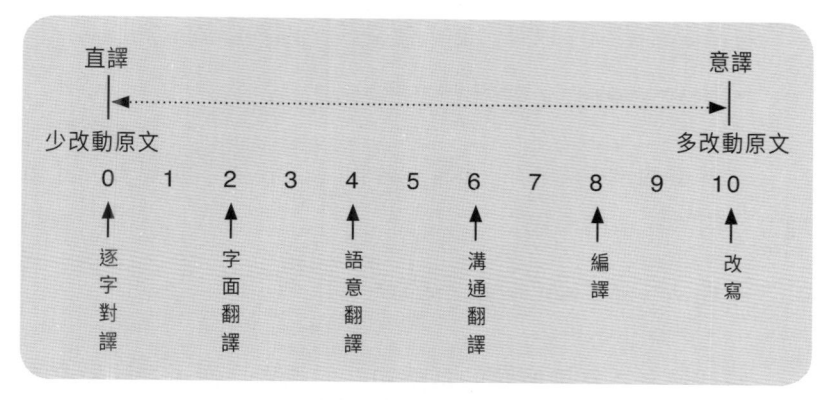

```
        直譯                                          意譯
少改動原文  ←·······························→  多改動原文
    0    1    2    3    4    5    6    7    8    9   10
         ↑         ↑         ↑         ↑         ↑         ↑
         逐        字         語         溝        編         改
         字        面         意         通        譯         寫
         對        翻         翻         翻
         譯        譯         譯         譯
```

圖 3-1 譯者改動原文的連續體

小，則可以選擇 2 或 3。若採取 0 的立場，即是百分之百直譯，等於字字對譯，保留原文每個字的字面意思。

有些文體在翻譯時僅需微幅改動，例如法律文件；有的常需大幅改動，如廣告標語。有的在翻譯時需要靈活處理，根據情況調整，在連續體上的位置時而傾向「直譯」，時而傾向「意譯」，像這樣的例子如詩歌翻譯。

以下讓我們以「吃過飯沒有？」這句中文常用的招呼語，來試著依循連續體上的不同立場進行翻譯。首先，從 0 的立場，即完全直譯開始：

▶ 吃過飯沒有？
↪ Eaten rice, not yet?

若稍微調整詞序以符合譯入語語法，則約屬於 3 的立場：

→ Have you eaten rice?

若著重個別詞語的「溝通」效果，而放棄字面意義，此處理方式約落在 7 的立場：

→ Have you eaten (your meal)?

倘若譯者認為應傳達的是整句話的溝通意涵，拋開原文全句的字面意義，而用另一句話來取代，以達到對等的效果，那麼便是採用百分之百的「意譯」，亦即 9 的立場：

▶ How're you today?
▶ Hello.
▶ How are things?

自以上舉例，我們可以歸納出所謂「直譯」、「意譯」的一些心得：

◆ 無論採取連續體上的哪個立場，並無必然的對錯，總會有某種情況，是 0 或 10 的立場可派上用場的。

◆ 應要採取何種立場，取決於上下文、語境、文體、翻譯目的等諸多因素，依個別情況而定。

例如上文例句「吃過飯沒有？」，翻譯時可能有幾種情形：

- 如果是小說中的對話,譯者想突出原文文化特色,不妨採用 3 甚至是 0 的立場。但若僅需交代情節,避免讀者產生誤解或過度聯想,只求傳達基本資訊,則適宜採用 9,即替換為功能對等的譯文。

- 如果此例是逐步口譯,講者說完後停頓,等待譯者將其英譯給不懂中文的外賓,則譯者需謹慎翻譯。若字字直譯 0,譯文將顯得怪異難懂;若換成功能對等的譯文 9,則可能產生溝通上的斷裂。譯者若譯為 "How're you today?",外賓回答了具體內容(如 "I'm actually not feeling very well in this weather."),此回答與講者問題無法銜接,可能導致氣氛尷尬甚至不必要的誤會。譯者必須根據當時的氣氛與雙方溝通狀況,當機立斷,選擇最穩妥的「立場」,將「吃過飯沒有?」這句話翻譯出來。

5 翻譯的自由度

在前文「直譯──意譯」連續體當中,我們於數字間列出了不同的翻譯態度,分別是逐字對譯、字面翻譯、語意翻譯、溝通翻譯、編譯與改寫。以下將依據這些態度逐一詳細說明:

(1) 逐字對譯(Word-for-word Translation)

逐字對譯為最機械化且表面的處理方式,完全忽略語法、語用、語境、上下文及文化差異等因素,僅依據原文

每個字最常見的字面意義（即詞典中列出的首個解釋）翻譯，並百分之百保留原文詞序。

- 床　　前　　明　　月　　光
- → bed² in front bright moon light

- 油漆　　未　　乾
- → Paint not yet dry

- 他　演　　講　　妙　趣　　橫　　　　生
- → He public speaks good interest horizontally grow

- The woman jumped to her death
- → 該　女人　　跳　　　到她的死亡

(2) 字面翻譯（Literal translation）

　　字面翻譯會為了符合譯入語的語法規則，會做出最小程度的必要改動，例如詞彙增刪與詞序調整等，但仍忽略語用、語境、上下文及文化差異等因素，依據原文每個字最常用的表面意義進行翻譯。

- 床前明月光
- → The bright moonlight by the bed.

- 油漆未乾
- → The paint is not yet dry.

(3) 語意翻譯（Semantic Translation）

語意翻譯是為了能盡量保留原文形式與作者意圖的本貌，同時兼顧譯文流暢，不像生硬的「翻譯腔」，譯者有更大的自由度，能進一步考慮語境和上下文的需求，並在詞彙和詞序上作出適度調整。

▶ 他演講妙趣橫生。
➥ His speech is very interesting.

▶ The woman jumped to her death.
➥ 該女人躍下身亡。

(4) 溝通翻譯（Communicative Translation）

溝通翻譯為了達成預期的溝通效果（通常是考量讀者的理解、喜好與需求），必要時甚至會捨棄作者意圖和原文表達方式，以使譯文符合語用需求。因此，譯者常依據上下文和語境，對內容增刪或換例。

▶ 他演講妙趣橫生。
➥ He is such a hilarious speaker.

▶ The woman jumped to her death.
➥ 婦人跳樓自盡。

(5) 編譯（Free translation）

編譯如同溝通翻譯，為達成特定的翻譯目標及效用，依據語用的要求，靈活改動語法、詞彙及修辭等，並透過換例或補入解釋等手法，使讀者更易理解。然而，相較溝通翻譯，編譯更進一步為了讀者設想，將其需求、興趣與便利等納入考量，因而可能會刪掉原文部分文字，予以濃縮、撮要、引申，甚至參考相關資料補充與重整。

▶ The woman jumped to her death.
→ 妙齡女郎跳樓尋死終償所願。
→ 女子鬧市四十樓躍下返魂無術。

(6) 改寫（Adaptation）

改寫可說是最自由的翻譯方式，以致於有些人認為根本稱不上翻譯。然而事實上，世界各地都有許多人採取改寫做法，並視為常態。例如在新聞翻譯和廣告翻譯，許多情況下實際上是在改寫。這種做法可說是「借屍還魂」，自原文中汲取意念、內涵和表達形式，進而創造出全新的作品。例如：

◆ 電視台報導新聞時通常會整合多家新聞通訊社的電訊稿，加以消化並濃縮，並針對其觀眾的喜好和需求重新撰寫。

◆ 商業促銷廣告若需以不同語言刊登，即使設計與內容大致相同，但標題與口號等行銷字句往往會根據語言和文化差異大幅調整。

◆ 戲劇作品的改編經常更動時間和空間設定,例如將莎士比亞戲劇背景置換為中國隋唐時期,或將新約耶穌故事改編發生在近代美國南部。

6 尊重作者與強調效力

在翻譯過程中,譯者大多會採用語意翻譯或是溝通翻譯的態度,而這也是一般人對「翻譯」的理解。這兩種翻譯方法既能大致保留作者意圖和原文本貌,又能兼顧譯文讀者的理解與接受度。

二者的區別在於,語意翻譯較尊重原文作者,寧可略為犧牲譯文的可讀性、吸引力與感染力,也力求忠實於作者原先表達方式,旨在讓讀者不單能認識作者想傳遞什麼,還認識他如何傳遞;相對而言,溝通翻譯著重譯文的效力,將讀者需求置於首位,針對特定讀者群書寫,使譯文讀來更容易理解、吸收,並產生共鳴。至於原作者是用什麼方法表達的,則放到次要的位置。關於翻譯態度對原文與譯文的改動層面,可參見表 3-1。

至於逐字對譯與字面翻譯,雖然並非專業翻譯的常用手法,但於特定情境下仍具有用處。當需要向讀者呈現原文詞語的表層意義與句法結構,或者要營造特殊的風格與效果時,就會使用這類翻譯態度。這兩種翻譯方法於詩歌翻譯、法律翻譯、廣告翻譯,不時會派上用場。

表 3-1 翻譯態度與改動情形

	1.逐字對譯	2.字面翻譯	3.語意翻譯	4.溝通翻譯	5.編譯	6.改寫
改動詞序	✗	✔	✔	✔	✔	✔
改動字面意義	✗	✗	✔	✔	✔	✔
考慮上下文及語境	✗	✗	✗	✔	✔	✔
考慮語用	✗	✗	✗	?	✔	✔
增刪內容	✗	✗	✗	✗	✔	✔
改動文體形式	✗	✗	✗	✗	✗	✔

有些人認為編譯與改寫不屬於狹義的翻譯範疇，然而正如前述，諸如新聞翻譯及廣告翻譯等，歷年來都有人局部或全面採用此類手法。自二十世紀下半葉起，語言哲學轉向更重視讀者的理解與需求，動搖了歷來作者與原文至上的地位。因此，編譯和改寫等手法不僅因應時代需求而日益普及，還逐步獲得翻譯理論的認可。

參考文獻

1. 關於直譯意譯的討論，可參考 Anthony Pym 著、賴慈芸譯，《探索翻譯理論》（台北：書林，2016），第 2、3 章；葉子南，《英漢翻譯理論與實踐》（台北：書林，2013），第 1、12 章；謝天振，《中西翻譯簡史》（台北：書林，2013）；黃邦傑，《新編譯藝譚》（台北：書林，2008），輯七。

2. 近人考證原來李白〈靜夜思〉這首詩中的「牀」大概並非指一般睡覺的床，而是井邊的低圍欄；這個例句的討論暫從舊解釋。

第 4 章
翻譯的技巧

1 語言轉換的基本功

　　翻譯既是一門藝術，也是一門技術。作為藝術，它需要譯者具備想像力與原創力；作為技術，則需要譯者掌握基本技巧，方能在穩固的語言轉換原則之上，結合個人風格與天賦，創造出精彩的譯文。

　　如第三章所介紹，譯者在翻譯時可採納的態度，依改動幅度可分為「逐字對譯」到「改寫」等層次。逐字對譯忽略了譯入語的語法與句法規則，譯出來的語句未必合乎語法，因而較少採用。在一般翻譯任務中，通常會採用語意翻譯或溝通翻譯，譯者需熟悉原文與譯入語於語法、詞序、表達習慣等方面的差異，並於詞彙及句法層面適時調整。

　　此類因應原文與譯入語的調整，涉及多種翻譯的處理手法，一般稱為「翻譯的技巧」，以下逐一介紹。[1]

翻譯的技巧

增益（addition）─┬─ 1. 擴充（amplification）
　　　　　　　　 └─ 2. 重複（repetition）

簡略（deduction）─┬─ 3. 省略（omission）
　　　　　　　　　└─ 4. 簡化（simplification）

變更（alteration）─┬─ 5. 轉換（conversion）
　　　　　　　　　 ├─ 6. 顛倒（inversion）
　　　　　　　　　 ├─ 7. 否定（negation）
　　　　　　　　　 └─ 8. 合理化（rationalization）

2 或增或減或變

(1) 增益的手段

Ⓐ 擴充（amplification）

　　原文的表達方式，原文讀者理解上並無困難，但若是用字面翻譯方式翻譯，譯入語讀者可能較難理解，甚至引起誤會；即使不致引起誤會，行文也會不自然。因此譯者應該按照譯入語的表達習慣，適時補充資訊或輔助詞語。

　　以下例句的譯文補上了原文所沒有的字詞，但並未改動含意，卻能有效避免翻譯腔，讀起來流暢又道地。

▶ *Success* is often just an idea away.
　✗　成功往往只是一念之差。
　✔　成功**與否**，往往只是一念之差。

▶ *The whole office* gathered at my living room.
　✗　整個辦公室聚集在我的客廳裏。
　✔　整個辦公室**的人**聚集在我的客廳裏。

▶ I warned you never *to borrow* from her.
　✗　我早警告過你千萬別向她借。
　✔　我早警告過你千萬別向她借**錢**。

▶ Does she swim *fast*?
　✗　她游得快嗎？
　✔　她游得快**不快**？
　✔　她游泳快**不快**？

Ⓑ 重複（repetition）

　　各語言的表達習慣存在差異，有些遇到重複的詞語習慣省略，有的則習慣重複字詞來增強語氣，使行文更生動，或使文意更清楚。中文往往如此：

▶ She cannot dance *or* swim.
　✗　她不會跳舞**或**游泳。
　✔　她**既不**會跳舞，**也不**會游泳。

- ✔ 她**既**不會跳舞，**又**不懂游泳。
- ✔ 她跳舞**不行**，游泳**也不行**。

▶ He guides, inspires **and** encourages us.
- ✘ 他指導、啟發**和**鼓勵我們。
- ✘ 他指導、啟發、鼓勵我們。
- ✔ 他指導我們，啟發我們，鼓勵我們。

▶ My patients learn to understand **and** eliminate fear.
- ✘ 我的病人學到了解**和**消除恐懼。
- ✔ 我的病人學著去認識恐懼、消除恐懼。

(2) 簡略的手段

ⓒ 省略（omission）

　　語言的運用，既會因行文習慣而重複，也會因行文習慣而省略。在翻譯過程中，原文某些部分在轉換成譯文時，可以基於語法或修辭等考量刪除，使譯文更自然易讀：

▶ If I feel any doubt, *I* inquire.
- ✘ 假如我有疑惑，**我**便問。
- ✔ 我一有疑惑便問。

▶ I open *my* handbag.
- ✘ 我打開**我的**手提包。
- ✔ 我打開手提包。

▶ He is *a man of* genius.
  ✗ 他是**一個**天才**的人**。
  ✔ 他是天才。

Ⓓ 簡化（simplification）

　　簡化的原理跟省略相似，差別在於省略是刪除原文的某些詞句，簡化則是將原文詞句採用更精簡的方式表達，使譯文清楚有力：

▶ Visitors should behave in such a way that the host and hostess feel at home.
  ✗ 客人應該如此舉動，使得男主人和女主人感覺在家裡一樣。
  ✔ 作客之道，應該使男女主人覺得安然自在。

▶ When you do good, *you will* feel happy.
  ✗ 你做好事，**你會**覺得快樂。
  ✔ 做好事會覺得快樂。

▶ It's sad when I see people seeking quick and easy money.
  ✗ 當我看到人們追求快速和輕鬆的賺錢方式時，我感到很難過。
  ✔ 看到很多人想發橫財我很難過。

(3) **變更的手段**

Ⓔ **轉換（conversion）**

各種詞類於不同的語言裡往往擔當不同的角色，有時同一概念在某語言中以名詞表達最為自然，但在另一語言中則需使用動詞，因此翻譯不應拘泥於詞類的對應，依譯文習慣適時轉換：

▶ He is a man of cool courage.
  ✗ 他是個有冷靜勇氣的人。
  ✔ 他很沉著果敢。
  ✔ 他是個沉著果敢的人。

說明 原文 cool courage 是「形容詞＋名詞」，可譯為雙形容詞。

▶ Nobody has *any* complaint.
  ✗ 沒有人有**任何的**投訴。
  ✔ 誰也沒有抱怨。

說明 原文 complaint 是名詞，此句譯成動詞更妥當。

▶ He lives above his means.
  ✗ 他的生活在他收入之上。
  ✔ 他的生活入不敷出。

Ⓕ 顛倒（inversion）

　　每種語言都自有一套習慣詞序，譯文如果保留原文的詞序而跟譯入語的習慣有衝突，往往唸起來突兀，或是失去了原文強調的重點，甚至可能扭曲了原意。碰到這類情況，譯者必須把不合常規的詞序改為切合譯入語習慣方式：

▶ Call my secretary if you don't find me at the canteen.
　　✗ 打電話給我的秘書，如果你在飯廳找不到我。
　　✔ 如果你到飯廳找不到我，就打電話給我秘書好了。

▶ He could not know everything unless he was God.
　　✗ 他不會什麼都知道，除非他是神。
　　✔ 除非他是神，否則不會什麼都知道。
　　✔ 他是神的話才會無所不知。

▶ You can beat him, if you try.
　　✗ 你可以打倒他，如果你去試的話。
　　✔ 你去試的話，就可以打敗他。

Ⓖ 否定（negation）

　　不同語言除了語序習慣不同，肯定與否定的使用時機也可能不同，翻譯時應顧及這類差異，在原文與譯入語的表達習慣衝突時適當調整：

▶ Look here, three boats are coming this way.
Don't you see them?
　✗　瞧，有三艘船正往這邊來，你看**不見**嗎？
　✔　瞧，有三艘船正往這邊來，看見了嗎？

▶ Is she not coming?
Yes, she's coming.
　✗　她不來了？
　　　是，她會來。
　✔　她不來嗎？
　　　不，她會來。
　✔　她不來了？
　　　不是呀，她會來。

▶ Will he go?
I ***don't*** believe he will.
　✗　他會不會去？
　　　我**不**相信他會去。
　✔　他會不會去？
　　　我相信他**不會**去。

▶ ***Have I*** got your address right?
　✗　我**有**得到你正確的地址了吧？
　✔　你的地址我**沒有**弄錯吧？

▶ You look pale, ***aren't*** you sick?
　✗　你的臉色蒼白，**不是**有病吧？
　✔　你的臉色蒼白，是生病了嗎？

Ⓗ 合理化（rationalization）

　　語言使用並非全然理性。由於語言的表達習慣及作者的個人風格，有時會使原文在邏輯上不夠嚴謹，導致不熟悉該語言或不認識該作者的讀者有所誤解。遇此情形，譯者應適當調整，使譯文意思清晰，避免不必要的誤會：

▶ It is a good horse that ***never*** stumbles, and a good wife that ***never*** grumbles.
　✗　好馬**不會**失蹄，良妻**不會**抱怨。
　✔　再好的馬兒也會失蹄，再好的妻子亦會抱怨。
　✔　馬再好，也會跌；妻再賢，也會怨。

說明　原文意思是「沒有人十全十美」。若如第一句譯文那樣譯出字面意思，譯文讀者會得到相反的印象。

▶ You have more time for yourself when you give time to others.
　✗　把你的時間給別人，你自己會有更多時間。
　✔　將時間用於他人，便覺自己的時間愈加充裕。

說明　原文這句話寓意深遠，是指予人方便，則他人也會給予自己方便，自己也省下了時間的意思。

- All that glitters is not gold.
  - ✗ 所有閃爍的東西都不是金子。
  - ✓ 並非所有閃閃發光的東西都是金子。
  - ✓ 閃閃發光的東西不一定是金子。

說明 原文是英語古諺,如果照英語字面翻譯,則無法傳達原文含義,所以翻譯時要特別小心。

- I am not now that I have been.
  - ✗ 我現在不是我曾經是的。
  - ✓ 今日之我,已非昨日之我。
  - ✓ 現在不同往日,我已變成另一個人。

說明 原句是英國浪漫主義詩人拜倫(Byron)一夜成名之後留下的名言。單看原文或難解其意,應先理解原文意思,再用中文習慣的說法來表達。

參考文獻

1. 此分類法參照張達聰,《翻譯之原理與技巧》,本章部分譯例亦引自該書第六章。翻譯方法分析,可參閱劉宓慶,《當代翻譯理論》(台北:書林,1993),第八章;錢歌川,《翻譯的基本知識》(台北:開明,1972),第十五章。

第 5 章
翻譯的標準

1 衡量翻譯的標準

若想把翻譯工作做得好、做得妥當,首先要知道怎樣才算好或妥當,這本身也是衡量翻譯的標準。

千百年來,不少翻譯名家為後世留下了寶貴的經驗,解釋自己翻譯的原則,以及對譯文的要求, 這些見解為後人指引了方向,值得我們學習。

近半世紀以來,西方語言學的研究啟發各方學者,使人們深入研究翻譯工作的準則,切合當代專業工作所需。以下介紹幾個最受關注,對初入行的譯者最具參考價值的準則。

2 四大公認的標準

(1) 忠信

「信」的要求無疑是翻譯工作最普遍公認的標準,即譯文要「忠實於原文」,不負著者的才思與用意。此原則

涉及語法、語意與語用等層面，相當複雜。即使如此，譯文應該盡量在各方面模仿原文，於各層面重現原文原貌。

一般而言，翻譯時應忠於原著，不扭曲原意、不誤導讀者，這無疑是翻譯最重要的原則，有些譯者甚至視為理所當然——「『信』可說是翻譯的天經地義：『不信』的翻譯不是翻譯；不以『信』為理想的人可以不必翻譯」[1]。可是，實際上，譯者往往發覺原來要既完全忠於原文的作者，又忠於作品的每一方面，幾乎不可能，只好選擇對原文某些層面忠實，例如形式、精神、效應，以及作者的意圖等。

如果翻譯工作看重的是讀者對譯文的反應，那麼「翻得正確與否」取決於「一般讀者能在何種程度上正確理解原文」。換句話說，即使譯文完全「忠實於」原文，卻因文化衝突或背景不同等導致誤解，譯文仍稱不上「忠信」。

例如電影中女主角在汽車旅館裡對男友說：

> ▶ Love me tonight.
> ➡ 今晚愛我吧。

以上譯文看似足夠「忠信」，譯出了原句的字面意義，卻未能傳達說話者的「真實意圖」——渴望與男友（聽者）發生親密關係，雖在語意上「忠信」，卻犧牲了語用上的「忠信」。

再如以下的廣告口號翻譯：

> ▶ It's the real thing, Coke.
> ➡ 這是真貨。可口可樂。

以上例句為可口可樂公司的經典廣告詞，向上世紀六〇年代追求真實的美國年輕人傳達品牌價值。廣告標語的創作，多基於當時時代背景，針對特定客群設計，然而若將這句廣告詞置於不同時空背景，翻成另一種語言，即使再怎麼忠實於原文，也不容易再現當初的衝擊力。

(2) **通達**

語言是人類溝通的媒介。原文既然是為了溝通傳意而創造的文字，譯文也應讓讀者容易理解，否則就辜負讀者的期待。若說「忠實」是譯者對作者的責任，「通達」就是譯者對讀者的責任。

有些翻譯理論家提出「順」，即文字需通順明曉，這顯然是「達」的條件之一。倘若譯文不當保留原文的語法形式，使得譯文讀來艱澀曖昧，不易理解，自然稱不上是有效溝通。

一般而言，翻譯以傳達客觀資訊為主的文字（例如新聞報導、科技文章、產品說明書等），自然越流暢易讀越理想，然而也有例外，譬如：

> ▶ 紅豆啄餘鸚鵡粒，碧梧棲老鳳凰枝
> （杜甫‧《秋興》）

> ▶ In the beginning was the Word, and the Word was with God, and the Word was God. (John 1:1)

上述摘自經典及詩詞的文句，富含藝術與哲理，含義深刻。若刻意簡化成文從字順、一目了然的語句，往往會失去其含義——雖然有時譯者也別無選擇。同理，若是將喬伊斯（James Joyce）的《尤里西斯》（*Ulysses*）譯成流暢通達的譯文，反而弄巧成拙，因為艱澀複雜正是原文風格的核心。

為跨越文化隔閡，使讀者既能容易理解，又能準確掌握作者本意，譯者下筆時應思考——倘若作者身處我們的社會，能夠說譯入語，他會怎麼表達？這種方法也稱為「最接近的自然等值」法（closest natural equivalent）：

> ▶ She was a drown rat.
> → 她成了落湯雞。

> ▶ I am penniless.
> → 我身無分文。

若按照字面來看，rat 不等於雞，一文錢也和 penny 不同，但在翻譯時應考量譯入語的習慣，並在不影響整體意思的前提下適度改動。

有時為了使譯文讀者易於接受原文資訊，實現「通達」的理想，譯者甚至可以進一步採用選取「動態等值」（dynamic equivalence）的手法，即是放棄形式的相似，轉而追求效果的對等。此時譯者心中應思考的是：要怎樣用譯入語表達原文，才能使譯文讀者的反應和感受與原文讀者相同：

▶ 客人：　你的廚藝真棒。
　女主人：我完全不懂，真抱歉。

→ Guest:　　You are a marvellous cook.
　Hostess:　I know nothing about cooking, really sorry.

→ Guest:　　You are a marvellous cook.
　Hostess:　Thank you dear.

若採第一種譯法，可能會使譯文讀者感到困惑，明明是稱讚廚藝，對方卻向他道歉。如此翻譯不僅語境突兀，若讀者不熟悉原文文化，也不會知道女主人是在客氣，這在中文是常見的社交習慣。第二種譯法遷就譯入語的社交語言習慣，雖改動了內容，但譯文更加自然，譯文的讀者的反應，也應更接近原文讀者的反應。

(3) 傳神

　　語言就像「有機體」，除了讀音、筆劃、字詞、句子結構等表面形式外，還具有每篇作品獨有的靈魂、風格與生命。因此，譯者需「忠實」譯出了原文每一層面的含義，若僅清晰明瞭表達文字意思，不等於即能呈現原文內含的精神與特質，這就是所謂「形似」之外的「神似」。

　　語言的「神韻」常存於精細微妙之處；而語言的「境界」深蘊於語言本身，非獨立於外，並且與作品整體、作者本身乃至時代背景等交織而成。這種風格與生命力不能僅憑「了解」即可捉摸或界定，全賴譯者作為讀者的「感覺」，猶如伯樂相馬，「得其精而忘其麤，在其內而忘其外」。譯文若能捕捉此精神，方可達到了「化」的境界。

　　在琢磨翻譯時，譯者時常面臨「忠信」與「傳神」兩大考驗。「忠信」要求譯文有如音樂會錄音那般，播放時需盡可能保留現場效果；或者像為名畫掃描一樣，務求完整呈現一切原貌。而「傳神」的標準，卻要譯者與原作「對話」，先在心中領悟原文含義，再用另一種語言將意義表現出來，就如演奏家需先與樂譜「溝通」，再將自己的領悟奏成音樂。

(4) 合用

　　翻譯作為服務行業，自然以客戶利益為重，譯者的工作始終在滿足客戶的需求，而不僅是忠實於原文。一封銷

售商品的信件，縱使翻譯得忠信又通順，甚至十分傳神，卻因忽略了語用、文化等諸多因素，導致送到銷售對象手上時無法產生促銷效果，最終使客戶受到損失。像這樣不合用的譯文，無疑是以失敗告終。

所謂「合用」，即譯文能夠滿足客戶的需求，並能按預期計劃有效運用，達到預期效果。歷來翻譯理論，大多以忠信、通達與傳神為標準，認為「好」的譯文大概不出這三項，卻忽略了譯者對客戶的責任。如果按照這些標準，有時所謂的「好」反而無法達到預期效果，最終成為失敗的翻譯；反之，成功的翻譯也未必符合上述條件。以下舉例進一步說明：

> ▶ 隨地吐痰乞人憎　罰款一千有可能
> 　傳播肺癆由此起　衛生法例要遵行

這是上世紀香港四處可見的打油詩，當時肺結核病四起，於是香港政府衛生部門張貼此告示，提醒市民保持良好衛生習慣，警告大眾勿觸法。倘若將這首詩忠信、通達且傳神地譯成英文，即使文意完全準確，押韻完美、音節鏗鏘，效果可能大相逕庭，外國讀者看了未必會當真，尤其是文中提到罰款是「有可能」。若要使衛生宣導具嚇阻之效可譯為：

> ▶ No spitting. Maximum penalty $1000.

3 因應案件靈活調整

以上介紹的四個翻譯原則並非絕對——也就是並非一定要達到這些要求，才算是好的翻譯。它們相對來說多重要，取決於翻譯案件的需求而定，而且這些原則之間往往有矛盾。

「通達」和「傳神」這兩個的要求，其實未嘗不可視作廣義的「忠信」標準——倘若原文流暢自然，譯文卻不通不達，又怎算是對得起作者、忠於原文呢？倘若原文富有生命力與意境，翻成譯文卻蕩然無存，那麼只有「形似」卻沒有「神似」，又算不算得上真正忠實於原文？

反之，倘若原文行文晦澀，或者作者刻意咬文嚼字，原文艱澀難懂，讀者閱讀原文時本就念得千辛萬苦，須再三反覆思量才能勉強理解，若是譯文反而變得流暢自然，意思明確，即使譯者的理解沒有問題，譯文固然「通達」有餘，但豈不是違背了作者的意圖，消滅了原著的風格，這樣的翻譯還能算是忠於原文嗎？

因此，譯者不妨將忠信、通達、傳神等視為完成翻譯任務（即生產合用的譯文）的手段，在翻譯過程中，隨時判斷何時需要遵循哪個原則，以達到服務目標。

參考文獻

1　劉靖之主編，《翻譯論集》（台北：書林，1989），頁 79。

第 6 章
理解原文的方法

　　理解原文是翻譯工作非常重要的步驟。如果譯者看不懂原文某些部分，自然無法翻譯，如果理解有誤卻不自知，不僅譯文品質大打折扣，後果可能無傷大雅，也可能釀成大錯。譯者應本著專業精神悉力以赴。

　　要找出理解的困難所在，其實並不難：一方面譯者在閱讀原文的時候，或多或少總會碰到讀不懂的地方；另一方面，只要憑敏銳的眼光細心閱讀，通常都可以看得出需特別處理之處，和需要查證的地方，避免粗心大意，張冠李戴。

　　譯者在下筆翻譯之前，應該先將疑難之處找出來，像是專門術語、俚語、俗語，以及方言、典故、引文、諺語等，逐一研究，直到有信心充分理解原文的含義為止。

　　嚴謹的翻譯工作往往涉及有系統的研究，需要高度的耐心，掌握學術研究方法，一步步查個水落石出，不能虛應故事。

　　以下介紹研究的方法與程序。

1 選用合適的工具書

譯者閱讀原文時遇到不明白的地方，或不敢肯定自己的理解是否準確，往往會先查工具書。該如何針對翻譯工作的需求，挑選最合適的用書？以下依工具書的特性與使用時機逐一介紹。

(1) 詞典

網路詞典雖相當便利，但品質參差不一，尤其碰到罕見、難字會有亂碼或任意轉換，以其他字替代。紙本詞典的解釋較為可信，仍是譯者必備。要如何選擇合適的詞典，箇中倒有一番學問。這裡綜合前賢的經驗，總結出原則與建議：

Ⓐ 使用可靠的網路詞典

網路詞典相當便利，但品質參差不一，如要參考，應查閱 Oxford Dictionary、Merriam-Webster 等英文線上詞典，較為可靠。

英漢網路詞典時常有中文錯字問題。早年書籍是以活字印刷出版，資料轉為數位時常轉換成錯的字，或因簡繁體轉換而出錯，例如將「髮妻」變成「發妻」，「后」轉成「後」，「裡」轉成「里」，「干」轉成「幹」等。又如，「午仔魚」（threadfin）正式的名稱為「馬鰊（ㄅㄛ）魚」，因許多電腦打不出罕用字，以致誤刊成馬魮（ㄅㄚˊ）魚。

此外，網路詞典提供的解釋時常有問題。例如 cynicism、cynic、cynical，往往解釋為「犬儒主義的 / 者」，讓人不知所云，若查《麥克米倫高級英漢雙解詞典》，就會看到「憤世嫉俗（者）」才是正解。

翻譯不時會需要知道人名、地名等單字的念法，除參考本書附錄 4，由國家教育研究院所訂出之英漢譯音表，也應先查詢發音網路詞典，確認該詞的發音。網路上發音網站眾多，建議至 Forvo、How to Pronounce 查詢，收錄許多由母語者錄製的音訊，資料相對可靠齊全。

Ⓑ 多使用單語詞典或英英英漢雙解詞典

單語詞典即是用原文語解釋原文語語詞的詞典。初入行的譯者常有一種習慣，碰到原文不懂的字，就不加思索翻查英漢詞典（即單字僅有中文解釋），這種做法未必明智。如果要查的術語或專業用詞，例如 restorationist（基督教復原主義者）、microsome（微粒體），查詢專業術語詞典或英漢詞典，是最省時省力的方法。

但是濫用英漢詞典，往往會帶來「後遺症」。若過分信賴、依賴英漢詞典提供的譯法，未能充分思考每個詞語於篇章中的意思、用法與效果，往往會導致譯文相當生硬、甚至扭曲原文的含意（詳見第9章），這是相當普遍的毛病。

遇到術語或專業詞彙以外的疑難時，特別是動詞、形容詞、副詞等用法變化多端的詞類，應翻查單語詞典或英

英英漢雙解詞典（即保留英文解釋，並附上中文單字與例句翻譯）。

以 dramatic 為例，一般詞典多照字面直譯為「戲劇的」，而它在《麥克米倫高級英漢雙解詞典》的解釋則為：

1 sudden and surprising or easy to notice 突如其來的；引人注目的；暴（漲／跌）

2 exciting and impressive 激動人心的；精采

3 dramatic behavior is done to impress other people 誇張的；戲劇性的

4 relating to the theatre or plays 戲劇的；有關戲劇的

詞典首個詞條出現的並非「戲劇的」，而是「突如其來的」，提供譯者豐富的中文對應選項。因此 a dramatic increase in sales 為「銷售額暴漲」，a dramatic game 是「一場精采的比賽」。

Clear 在《麥克米倫高級詞典》，作為形容詞有 17 種解釋。如：clear evidence（證據明顯）、get sth clear（明說）；作動詞解也有 17 種對應的中文，如：clear a space（騰出地方）。

clear[1] /klɪə/ adj	**clear**[2] /klɪə/ verb
1　obvious 明顯的	1　empty place of sb/sth 清除
2　easy to understand 明白易懂的	2　remove sth blocking sth 排除障礙物

3	easy to hear 聲音清楚的	3	prove sb not guilty 證明無罪
4	transparent 透明的	4	when weather improves 天氣好轉
5	easy to see 清晰的	5	start to disappear（霧）散
6	not confused 不含糊的	6	become transparent 變清澈
7	not blocked 沒有障礙的	7	become healthy（皮膚）變得光滑健康
8	without clouds/rain etc 晴朗的		
9	eyes: bright and healthy 眼睛：明亮的	8	stop looking upset etc（表情）舒展
		9	stop being confused etc 不再困惑
10	skin: healthy 皮膚：光滑健康的	10	pass without touching 不接觸地通過
11	without guilty feelings 問心無愧的	11	accept cheque 兌現支票
12	not close to/touching 未靠近的/沒碰到的	12	give/get permission 准許；獲得准許
13	winning by amount 比分領先的	13	pay back money owed 還清（債務）
14	left after taxes/cost 淨得的	14	earn after taxes/costs 淨賺
15	showing nothing wrong 沒有問題的	15	deal with problem 解決
16	time: available 時間：有空的	16	do all your work 做完
17	complete 完整的	17	in sport（球）滾出己方球門區

此外，英文作品中往往對場景描述得很仔細，因此出現各種物體明確的詞彙，中文則較為籠統，可以查 *Merriam-Webster's Visual Dictionary*（韋氏圖解詞典），確認該詞彙的形貌，再決定如何翻譯。例如主角「慵懶地自 landing（樓梯平台）走下，手自扶手的 goose-neck（鵝頸狀銜接處）慢慢滑過雕刻精美的白色 banister（欄杆），走到 starting step（樓梯的第一階），緩緩開口⋯⋯」，如此場景不難想像主角家境優渥，引起讀者無限遐想。理解這些名詞的具體形貌，有助於在腦海中想像出畫面，進而在譯文中重現原文所營造的氛圍。

如上例 banister，多指室內樓梯扶手（handrail）的欄杆，而 railing 則多指陽台、走廊等處的護欄，guard 為樓梯平台的欄杆，中文皆稱為「欄杆」。又或者公寓裡有張 loveseat，傳統英漢詞典的中文解釋「情人座」、「鴛鴦椅」，可能引起誤解或曖昧的聯想，若查 *Visual Dictionary*，就會知道是「雙人座沙發」，而 sofa 則指三人座的沙發，外型古典、可躺臥的為 recamier。這類名詞差異單靠一般英漢詞典或網路圖片往往難以辨清。

ⓒ留意詞典裡的語用標記

好的詞典都有各式各樣的語用標記，這些標記可以幫助譯者更準確了解詞目的用法，避免誤用過時或不合時宜的詞義，讓譯文更精確與自然。以下列出幾個常見的語用標記，使用詞典前時不妨先閱讀相關說明：

時間	*old-fashioned*（過時）/ *obsolete*（廢棄語）
語用	*informal*（非正式）/ *formal*（正式）/ *slang*（俚語）/ *spoken*（口語）
語體	*literary*（文）/ *academic*（學術）
內涵	*offensive*（冒犯）/ *impolite*（無禮）/ *humorous*（幽默）
地域	*Am E*（美式）/ *Br E*（英式）/ *Scottish*（蘇格蘭）
學科	*business*（商）/ *medical*（醫）/ *legal*（法律）/ *computing*（電腦）

(2) 各類參考書

碰到了比較複雜的理念或是偏僻的歷史事件，或是人、地、事、物需要較深入的了解，一般詞典無法提供足夠的資料，譯者可以翻查各類參考書，以下為對翻譯工作者極有用處的書籍：

◆ **英語語法：**

《劍橋活用英語文法》（*Grammar in Use*）

《BB1英語搭配詞典》（*The BBI Combinatory Dictionary of English*）

蘇正隆《英語的對與錯》

Ann Longknife、K.D. Sullivan《英語造句的藝術：寫作的五堂必修課》（*The Art of Styling Sentences: 20 Patterns for Success*）

◆ **漢語語法：**

陳永楨、陳善慈《漢英對照成語詞典》

程祥徽、田小琳《現代漢語》

鄧守信《漢語近義詞用法詞典》

鄧守信《現代漢語語法講義》

◆ **英漢譯法探討：**

陳定安《英漢修辭與翻譯》

黃邦傑《漢英虛詞翻譯手冊》

劉宓慶《英漢翻譯訓練手冊》

葉子南《英漢翻譯理論與實踐》
Zinan Ye, Lynette Xiaojing Shi. *Introduction to Chinese-English Translation Key Concept and Techniques*

◆ **翻譯相關理論：**

黃邦傑《新編譯藝譚》

劉宓慶《文體與翻譯》

劉宓慶《當代翻譯理論》

劉靖之《神似與形似》

謝天振《中西翻譯簡史》

◆ **語言相關領域：**

張錯《西洋文學術語手冊：文學詮釋舉隅》

溫科學《當代西方修辭學理論導讀》

葉蜚聲、徐通鏘《語言學綱要》

◆ **參考文獻格式：**

《MLA 論文寫作手冊》（*MLA Handbook*）

《Chicago 論文寫作格式》（*A Manual for Writers of Research Papers, Theses, and Dissertations*）

◆ **發音詞典：**

A Pronouncing Dictionary of American English

◆ **圖解詞典：**

Merriam-Webster's Visual Dictionary

(3) 專科詞典

各行各業都各自有專門的術語，有些深奧的或複雜的詞語，未必能在普通詞典中找得到，而且普通詞典提供的譯名往往既不權威又不一致，為求慎重，還是要多翻查專科詞典。

(4) 手冊年鑑

各社區、社團、地區的最新資料，可以在各式各樣的手冊、年鑑、年報裡找到，既能幫助譯者解決疑難，又可作為撰寫注釋需用的材料。

2 向相關機構查詢

除了翻查書本之外，解決理解原文的疑難另一好辦法，是直接詢問與譯文內容相關的機構，包括客戶、相關機關與行業，有助於理解專業術語和背景資料。

(1) 客戶

委託翻譯的客戶即使沒有譯文的背景資料，通常也會知道哪裡找得到。如果客戶本身是譯文的使用者，那麼可能已有一套專門詞彙的標準譯法，譯者無需自作主張。原文裡出現的專門術語或費解的地方，客戶所屬機構應有專人可以協助。若該機構無法幫忙，也可請他們協助譯者請教合適的專家來解決。

(2) 相關機構

譯文中常涉及各行各業的專門名詞、稱謂、術語，譯者若翻遍相關工具書仍無所獲，可以透過電話、傳真、信件與電子郵件等方式向相關機構確認。舉例來說，譯文提到某大型外資機構任命新任香港分公司行政總裁，公司或許已為他擬好姓名中譯，甚至可能已自行取了漢名。此時，最可靠的方式是直接致電該機構的公共關係部確認。又如某公司發明了一種新產品或設備，獲得世界專利，那麼譯者也不宜閉門造車自行翻譯，應致電確認該公司是否已有「正式」譯名。若譯文碰到較罕用的語言（例如北歐或中非洲某國）的人名或地名需要音譯，查過所有工具書仍茫無頭緒，可以致電該國的使館、領事館，請館中以該種語文為母語的人士清楚唸出來，譯者記錄讀音後，再依通行的譯音表譯出對應的漢字。

3 向專業人士請教

若是翻譯案件涉及專業學科或行業知識，尤其是尖端研究開發資料，譯者通常沒辦法完全理解。為了充分了解相關內容，譯者應該先翻查所有可找到的書籍和資料，參考客戶提供的資料，若依然無法解決，還可以向各界人士請教：

◆ 熟悉該領域的專業人士，例如醫生、律師、工程師
◆ 精通翻譯該領域的同行，特別是特約譯者和新聞機構裡的譯者

- ◆ 大學教授、科研機構研究員
- ◆ 各大圖書館的管理員
- ◆ 該專業的公會學會的秘書

當你不懂的正好是他們的研究領域，這些專業人士通常都會熱心協助，所以專業譯者若能平日保持良好人脈，多認識各行各業的專業人才，就能夠在最短時間內找到合適的專家解惑，對自己的事業大有裨益。若得到他人相助，記得要在譯者序等合適之處致上謝意。

4 使用網際網路追查資料

隨著網際網路的普及，查找資料已相當便利，譯者平日要熟悉各網站提供的資源，以便在有需要時解決翻譯碰到的問題。

(1) 網路百科全書

在查詢詞語時，Wikipedia 通常最先出現，相當便利，但其英文版精確度遠較中文版高，應優先查詢英文版，而且其內容通常也較中文版本完備，新資訊也更新較快。

Encyclopædia Britannica 則是另一個值得參考的網站。雖然條目不如 Wikipedia 廣泛，但其前身為歷史悠久的《大英百科全書》，現已停止紙本出版，轉為網路百科全書，條目由專業人士撰寫。

(2) 學術專業網站

譯者可能遇上不熟悉的專門術語，此時可查詢官方學術機構的網站查詢譯法，或參考相關領域專家的譯法。以下舉出值得參考的專業網站：

- ◆ 國家教育研究院樂詞網：可查詢各類學術及專門名詞譯名。
- ◆ 文化部國家文化記憶庫：收錄豐富的文化資源及歷史文獻。
- ◆ 國家圖書館期刊文獻資訊網：可查詢學術論文及期刊。

(3) 網站限制搜尋

中譯英時時常猶豫自己翻出來的語句是否準確通用，此時可善用網路上龐大的語料協助判斷。例如，若想確認某些句型在英語國家是否有實際使用過，可將整句置於雙引號（" "）中去 Google 入口網站搜尋，加上 site:us 或 site:uk 限定搜尋範圍為英語系國家的網站，搜尋結果便只會顯示完整出現引號內容的網頁，並依照搜尋結果筆數來判斷是否常用。

若希望搜尋結果更具彈性，可在關鍵字之間加入星號，表示中間可以有其他字詞。

(4) Google Ngram Viewer 搜尋

翻譯過程中，常會遇到同一詞彙或用語存在多種譯法或寫法，譯者可透過 Google Ngram Viewer 分析，協助判斷最合適的譯法。Google Ngram Viewer 的語料取自西元 1500

年以來的書籍，以圖表呈現所搜尋字串的使用頻率與時間趨勢，並可依年代快速搜尋相關書籍與內頁，方便了解上下文語境與實際用法。

每到六月，學生師長會於畢業典禮中，念出畢業詞祝福同學，畢業典禮在英文叫作 graduation ceremony，Wikipedia 對 graduation（畢業）的定義如下：

A **graduation** is the awarding of a diploma by an educational institution. It may also refer to the ceremony that is associated with it, which can also be called **commencement**, **congregation**, **convocation** or **invocation**.

將以上「畢業」的單字加上 speech 搜尋，查詢畢業致詞可能的英文寫法，會發現不存在 congregation speech 和 invocation speech 的用法，最常出現的是 commencement speech，其次為 graduation speech。

在中學階段在學習「畢業」時，大多會學習 graduation 這個單字，但由圖可知最常用的是 commencement speech。畢業典禮何以叫做 commencement（開始）？因為以往大學畢業就要踏入社會工作，象徵職業生涯的開始。

(4) 語料庫搜尋

搭配詞也是翻譯常碰到的一大難題。過往受教科書及英漢詞典影響，教學時大多強調單字意思，較少關注詞語的

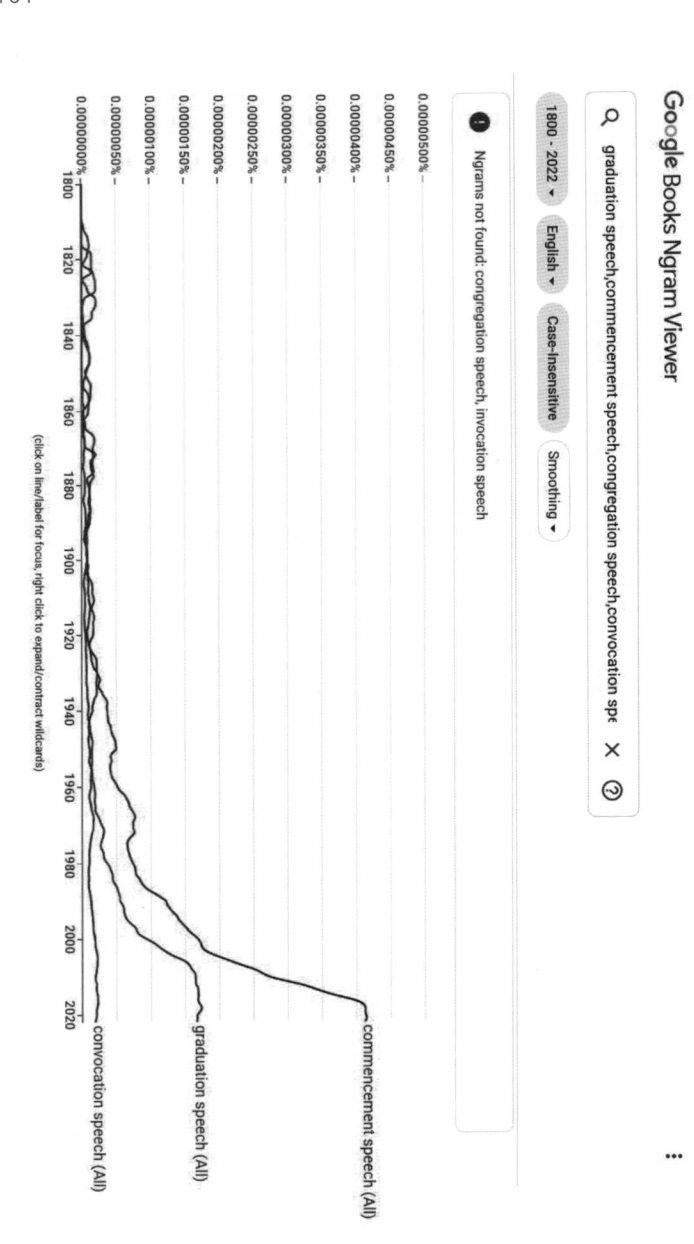

圖 6-1 Google Ngram Viewer 分析 commencement speech、graduation speech、convocation speech 使用頻率

實際搭配關係。例如 trim 和 prune，這兩個單字一般英漢詞典、英文學習教材的解釋是修剪，但 trim 只是小修，prune 是較大幅度的修整。修剪矮樹、灌叢，trim / trimming 重在「修葉」，prune / pruning 重在「剪枝」。

將兩者以 Sketch Engine 語料庫分析（見圖 6-2），會得出 trim 的常見主詞搭配如 lace、nail（修指甲、修花邊）等；prune 的主詞如 formative prune、rejuvenation pruning

SKETCH ENGINE

trim 534,923× | prune 233,648×

subjects of "trim/prune"			objects of "trim/prune"		
lace	886	0	beard	3,492	0
nail	1,277	0	fat	4,347	0
leather	1,178	0	nail	3,714	0
chrome	1,033	0	sail	1,919	0
fur	903	0	hedge	2,984	472
hoof	423	0	bush	1,873	1,078
shrub	173	313	tree	8,063	10,921
formative	0	97	shrub	814	1,369
rejuvenation	0	138	vine	277	1,717
axon	0	279	rose	153	1,280
dendrite	0	300	saw	25	1,290
alpha-beta	0	284	shear	61	3,754

圖 6-2 Sketch Engine 分析 trim 和 prune 常搭配的主詞與受詞

則是為了樹木造型、促進萌櫱而修剪枝條。Trim 和 prune 兩者都能搭配的則為 shrub（灌木叢）。

說明 圖 6-2 中左側色塊區域中，上半部中灰色的條目為 trim 的典型搭配詞，下方深灰條目為 prune 的典型搭配詞，中央淺灰區域則為兩者皆常見之搭配詞。

英語雖然並非我們的母語，透過語料庫分析能讓我們得出最合適的詞語搭配，掌握詞語實際搭配使用，進而譯出自然恰當的譯文。

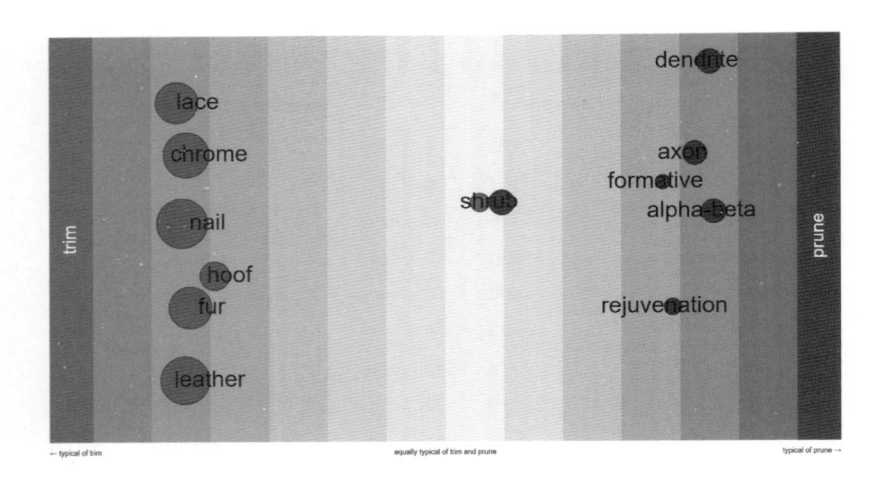

圖 6-3　Sketch Engine 分析 trim 和 prune 主詞頻率圖

第7章
譯名的原則與藝術

　　詞語的翻譯與處理，往往是翻譯工作首先要攻克的難題。譯者若未能充分了解原文中關鍵詞語，就無法選擇恰當的譯名或創造新詞。即使是不致影響「大局」的詞語，若是翻譯得不妥當，也會使譯文的可信度與可讀性大打折扣。

　　如何翻譯詞語，本身就是一門精深的學問，何況詞語五花八門，有歷史文物、科技術語等專業術語，還有人名、地名、機構名等專有名詞，以及書名、品牌名與電影片名等。若未能掌握譯名翻譯的原則，則會困難重重，難怪翻譯大師嚴復會慨嘆「一名之立，旬月踟躕」——這句話同時反映出他對翻譯嚴肅認真的態度，足堪鞭策後世譯者。

1 譯名的翻譯原則

　　譯名翻譯雖不簡單，若掌握適當的翻譯原則，亦能翻得妥當。我們可以從前人的經驗，總結出以下翻譯原則。

(1) 定於一尊

　　過去幾十年，譯者往往各師各法、各自為政，憑自己的信念與譯法來翻譯外國的詞語，不少甚至毫無原則，興之所至隨手翻譯——今天寫「佛洛依德」，明天又作「佛洛伊德」；有時把 pineapple 稱為「鳳梨」，有時又叫「菠蘿」。如此顯然不夠專業，容易引起混淆，若是不同的譯者採用不同的標準，各個機關也各有各的標準，只會「天下大亂」。

　　例如 1961 年 John Kennedy（約翰·甘迺迪）當選美國總統，台灣和香港的報章同時出現「堅尼地」、「甘納第」、「肯尼地」、「甘迺迪」等多種音譯；而前蘇聯作家 Solzhenitsyn（索忍尼辛）的中譯名也多達九種：「索忍尼辛」、「索善尼辛」、「索贊尼辛」、「索盛尼金」、「索茲尼欽」、「蘇澤尼欽」、「索津涅辛」、「蘇參尼曾」、「索忍尼欽」。

　　Syndrome 這個醫學術語，也分別譯為「徵候群」、「症候群」、「徵狀群」、「複徵」、「複合徵狀」、「癥群」、「綜合癥」、「綜合症狀」、「綜合病徵」。連普遍流行的營養學名詞 enzyme，也有近半數叫做「酵素」，另一半稱之為「酶」，好似前者較大眾，後者較學術。

　　又以武器裝備為例，武器系統譯名「百花齊放」，譯者與機構各自選擇譯名，如表 7-1 所示。理想的譯名翻譯策略，應是無論哪位譯者執筆，譯文皆應一致，除非是原創，如商品名稱。

表 7-1 武器系統的翻譯

原　文	中　譯
Assault Breaker	突擊破壞者、打擊破壞者、特擊破壞者、粉碎進攻者
Hellfire	地獄火、海爾法、獄中火焰、鬼火
Maverick	獨行俠、馬代瑞克、幼畜、小牛、牛犢
Sidewinder	響尾蛇、側風、橫風
Skyguard	天兵防空系統、防空衛士、空中衛士、天空衛士、空中哨兵
Stinger	刺針、斯汀格、針刺、霹靂火、毒刺、痛擊

要達到這一理想，最好的方法便是整個行業達成「共識」，按照相同原則來翻譯。比方說，在翻譯譯名時，凡是人名、地名，一律採音譯而非意譯——Miss Hope 翻成「霍普小姐」而非「希望小姐」，而 Little Stone Town 翻為「利特爾斯通鎮」，而非「小石鎮」。

如今網路資訊發達，查找譯名已容易許多，但網路上可能有好幾種譯法，若不知該參照何者，可以參考國家教育研究院（NAER）的樂詞網（https://terms.naer.edu.tw），或是查閱相關的學術論文。

至於人名、地名等專有名詞（proper nouns），在將外來詞彙音譯成中文時，中文同音字繁多是一大挑戰。原文中的同一音可以對應多個不同的漢字，並可能衍生以下問題：

◆ 不同譯者選用的字不同，導致翻譯出來的譯名不一致。
◆ 譯名有的字帶褒義，有些帶貶義，有些字義與原文矛盾。

Hugo	囂俄	「囂」字含貶義。
Khrushchev	黑魯雪夫	「黑」字含貶義。
Munich	慕尼黑	「黑」有貶義，與原文發音不符。
Bhutan	不丹	「不」為否定，較為不雅與不敬。
Los Angeles	洛杉磯	「磯」指峭壁，與當地地勢不符。
Siberia	西伯利亞	「西」可能會誤認為方位詞，且與原文發音不符。
Sydney	雪梨	「雪梨」是水果名稱，易使人誤以為當地多產雪梨。

這些譯名有些已家喻戶曉，翻譯時可以沿用（見下節 (5) 約定俗成），有些可以更改。例如 Sydney 在中國譯為「悉尼」，Hugo 現多譯為「雨果」，而 Khrushchev 後來也多譯成「赫魯雪夫」。

社會日益變遷，科技不斷創新，新詞彙層出不窮，但只要譯者和機構遵照統一的音譯標準，就能有效減少譯名的混亂或不一致的情況。本書附錄 4「英漢譯音參考表」，以及國家教育研究院樂詞網，可作為譯者重要參考，確保翻譯用詞準確。

(2) 名從主人

翻譯名詞（特別是人名地名及機構名稱）時，通常必須尊重該人、該地、該機構的傳統或意願。以 The Hong Kong Philharmonic Orchestra 為例，從字面上看來，應譯為「香港愛樂交響樂團」，然而該團以「香港管弦樂團」作為正式名稱，翻譯時理應尊重。相較之下，The Vienna Philharmonic 則應翻作「維也納交響樂團」，英國的 The Royal Philharmonic Society 圈內慣稱「皇家愛樂樂團」、「皇家交響樂團」，而不是「皇家交響樂協會」。

類似情形時有所見。The Bangkok Bank 直覺會翻成「曼谷銀行」，但該行的正式名稱「泰國盤谷銀行」。同為香港中文大學學院，Chung Chi College 是「崇基學院」，New Asia College 則是「新亞書院」。

同是「基督宗教」（Christianity），天主教和新教（即「基督教」）許多譯名並不一致，例如：

	天主教	基督教
God	天主	上帝
church	聖堂	教堂
bishop	主教	會督／主教
apostle	宗徒	使徒
Paul	保祿*	保羅
Simon	西滿*	西門
Judas	猶達斯*	猶大
Matthew	瑪竇	馬太

（* 天主教傳統按拉丁發音中譯，基督教習慣按英文）

羅馬的 St. Peters 是天主教教宗的座堂，所以應按該教譯法稱為「聖伯多祿大殿」，而非「聖彼得教堂」；Our Lady 並非「我們的貴婦」，而是「聖母」；Pius III 不該譯為「教皇派厄斯三世」，天主教官方譯名是「教宗庇護三世」。

譯者即使博古通今，但名字發音常不按牌理出牌，可說防不勝防。英國名鎮 Warwick 以往誤譯為「沃威克」，皆因許多人不知道原來其中第二個 w 不發音，正確音譯是「沃里克」，或譯「華威」。值得注意的是，香港有一間 Warwick Hotel，正式中文名是「華威酒店」，翻譯時必須尊重。

如何將文化特有的詞彙譯成英文，一直是譯者面臨的難題。許多中文詞彙在英文中並無直接對應的詞語，目前的趨勢是採用音譯，在譯回中文時，要注意不要誤用音譯，如把Hakka譯成「*哈卡」，把kowtow譯為「*考陶」：

chop-suey	雜碎	dim sum	點心
lichee / lychee	荔枝	longan	龍眼
ginseng	人蔘	bok choy	青江菜
oolong	烏龍（茶）	maotai	茅台（酒）
Hakka	客家	Hoklo	閩南
fengshui	風水	taichi	太極
mahjong	麻將	xiangqi	象棋
kowtow	叩頭	lapsap	垃圾

東亞和東南亞有不少地名原是漢字，或是早已約定俗成，有漢字的相應譯法，譯者不可隨意音譯，必須遵循約定俗成的漢語地名，例如：

日本
Aoshima 青島
Fukuoka 福岡
Izu 伊豆
Maizuru 舞鶴

南韓
Seoul 首爾
Incheon 仁川
Pusan 釜山
Daegu 大邱

北韓 / 朝鮮
Kaesong 開城
Chongjin 清津
Pyongyang 平壤
Hamhung 咸興

越南
Hue 順化
Hanoi 河內
An Loc 安祿
Cholon 堤岸

柬埔寨
Phnom Penh 金邊
Siem Reap 暹粒
Angkor 吳哥
Kep 白馬

緬甸
Yangon 仰光
Naypyidaw 奈比都
Mawlamyine 毛淡棉
Mandalay 曼德勒 / 瓦城

泰國
Bangkok 曼谷
Chiang Mai 清邁
Phuket 普吉
Pattaya 芭達雅

寮國 / 老撾
Vientiane 永珍 / 萬象
Pakse 巴色
Luang Prabang 龍坡邦
Thakhek 他曲

印尼
Bandung 萬隆
Semarang 三寶瓏
Surabaya 泗水
Yogyakarta 日惹

菲律賓
Davao 達沃 / 納卯
Subic 蘇比克
Vigan 美岸
Cebu 宿霧

新加坡
Jurong 裕廊
Pulau Hantu 鬼島
Serangoon 實龍崗
Sentosa 聖淘沙

馬來西亞
Ipoh 怡保
Johor 柔佛
Kuching 古晉
Penang 檳城

漢語人名英譯有一個問題，就是姓與名的次序相反。以「李小英」為例，加上英文名 Amy，就有以下幾種呈現方式：

中文姓名在前，英文名後置：

Li Xiaoying Amy	Li Xiaoying, Amy
Li Xiao-ying Amy	Li Xiao-ying, Amy
Li Xiao Ying Amy	Li Xiao Ying, Amy

英文名在前，中文名後置：

Amy Xiaoying Li	Amy Li Xiaoying
Amy Xiao-ying Li	Amy Li Xiao-ying
Amy Xiao Ying Li	Amy Li Xiao Ying

中文名縮寫：

Amy X. Li
Amy X.Y. Li

台灣常見的拼法是 Lee Hsiao-ying，而中國大陸一般採用 Li Xiaoying Amy 的寫法。若為香港則應依廣東話發音，譯為 Lee Siu Ying。

姓名翻譯方法會因個人或地方而有所不同，即使原文都是中文，也無法有一套譯法能放諸四海皆準。因此，譯者應查明當地慣用法來決定姓氏擺放順序，或查詢該人物是否已有的固定譯法。若客戶有習慣用法，應事先釐清，於翻譯時統一採用。

此外，中國各地方言繁多，七〇年代普通話逐漸普及，已多採用普通話標準來英譯漢名。可是不少姓名早已在十八、九世紀就已按鄉音英譯，尤其是海外華僑社區，代代相沿，有些姓名實在不易還原為正確的漢字，以下姓氏對應可供參考，見表 7-2。

表 7-2 漢名英譯

英譯	漢字姓	方言
Ong	王	閩南
Kou/ Ko	許	閩南
Ng	吳	廣東
Ip	葉	廣東
Wong	黃	廣東

目前港、台、中國大陸仍各採各的姓名英譯規則，因此譯者宜：

- ◆ 遵從客戶或僱主的習慣及要求
  （例如每一間報社通常自有譯名標準）
- ◆ 盡量使用本地翻譯界慣用的工具書

本節談的「名從主人」原則，聽起來不難，但以往將外文專有名詞譯成漢語時，不少因不清楚原文發音而譯錯，例如將 Greenwich Mean Time 譯為「格林威治時間」，後來更正為「格林尼治時間」（w 不發音）；或是將英國知名指揮家 John Eliot Gardiner 的姓氏 Gardiner 誤譯為「加丁納」，應為「賈第納」（此名一般 i 不發音）。

翻譯外文專有名詞最理想的方法是：

- ◆ 先上網查清楚有沒有通行的譯名，以及國家教育研究院樂詞網提供的譯名，除特殊理由應沿用。
- ◆ 若無可參照的譯法，就查清楚原文發音，以名從主人的原則音譯，即是人名依該人習慣，地名則依當地習慣。
- ◆ 參考公認的譯音表（如本書附錄 4「英漢譯音參考表」），按照讀音對應的漢字音譯。

有些外國人早有自選或官方制定的中文姓名，理應尊重。例如英國政治家 John Major 當選國會議員時，中文媒

體幾乎一致稱他做「約翰‧梅傑」，但是他出任首相時，香港官方馬上為他取名「馬卓安」，於是這成為他在香港的正式名字。

知名的英國漢學家 Joseph Needham 自取的中文名是「李約瑟」，稍加查證就不會誤譯成「約瑟‧尼達姆」，儘管此譯名還考慮到 Needham 中 h 不發音。像這樣外國人擁有漢名的例子並不罕見，早在數百年前，明代來華的耶穌會士也都取了漢名，如 Ferdinandus Verbiest 便名「南懷仁」、字「勳卿」、號「敦伯」，逝世後獲諡「勤敏」，足見其在華地位。

日本自古以來即用漢字，政府機關名稱也以漢字表示，但用法與中文習慣不同，中譯時應保留原稱謂。以前該國的 Ministry of Finance 不是「財政部」，而是「大藏省」（現已改成「財務省」）。Ministry of Health, Labour and Welfare 並不是「衛生勞動部」而是「厚生勞動省」；The Emperor of Japan 應稱作「日本天皇」，而非「日本皇帝」。

(3) 追根究柢

翻譯工作需要細心、耐性與負責任的精神，詞語的翻譯尤其如此，因為翻譯人名、地名等專有名詞不時會出現陷阱，稍有疏忽很容易出錯。

人名翻譯的難處往往是由於發音相近，不好判別，得多花時間查證。例如日文姓氏英譯 Ono，既可能是「大野」，也可能是「小野」。1959 年日本小姐兒島明子獲選環球小姐選美比賽冠軍，香港和台灣各報章即有多個不同的譯名，因為她的名字英文寫作 Akiko Kojima，可以對應「兒島明子」、「兒島秋子」、「小島秋子」、「小島明子」，翻譯時應透過可靠管道確認。

漢語姓名英譯也多同音情形，例如 Mr. Wu 在香港可能是「胡先生」，但是在中國則可能姓「武」、「巫」、「烏」、「伍」、「沃」等。

每個文化的姓名排列都有規範。有些先姓後名，有些相反；有些兼排父母姓，有些無家族姓氏等，譯者有責任弄清楚。例如前越南將軍武元甲，他姓「武」（Võ），名「元甲」（Nguyên Giáp），但是美國媒體歷來稱做 General Giap（甲將軍），中譯時應予還原，正名為武將軍。

此外，原文出現暱稱也令人頭疼。如果有人全名「黃美麗」，她的家人朋友說不定會喚她做「小美」、「小麗」、「阿麗」、「麗兒」，中文讀者不至於搞混。英語名字也有暱稱，例如 Edward 的暱稱可能是 Ted、Ed、Eddie；Catherine 的暱稱可以是 Kay、Kitty、Cathy 等。若是同一段文字中，同一個主角一下子稱作「凱」、一會兒又譯成了「基蒂」或「凱西」，中文讀者會感到混淆，不一定能

理會是同一人，因此，譯者只能選定一種譯法，一律譯為「凱瑟琳」。

地名和書名的翻譯也大有學問——Cambridge 大家都知道是「劍橋」，但是 Cambridge, Mass. 不是那英國大學鎮，而是美國麻省理工學院所在的城市，可以譯作「坎布里奇」。西方對當代思想影響深遠的書 *Small Is Beautiful*，其書名後來成為思潮標語，反對「大就是好」，不少譯者望文生義，照字面譯成「小就是美」、「小的就是美麗的」，其實書名的 beautiful，本意是「妙」、「好」、「妥當」。

此外，詞語的翻譯考驗譯者對專門學科的認識，如果不是有百分之百把握，應步步為營，以免出錯。舉例來說，多年來不少文獻把 The Club of Rome 譯為「羅馬俱樂部」，這個譯名聽來好像是間娛樂會社（如度假中心 Club Med），事實上該組織是由國際專家組成的學會，深入探討攸關人類未來的重要議題，因此應譯為「羅馬學會」。

每個行業、每個領域都有自己的一套術語及詞彙，例如不熟悉毒物學（toxicology）的譯者，可能不清楚 LD50 的真正含義。該詞為 lethal dosage, 50% 的縮寫，意思是給予實驗對象一定的劑量，造成半數實驗對象死亡的劑量，即是 LD50，劑量越少達到同樣結果越強。若誤譯為「死亡劑量 50」之類，讀者也不一定能懂。因此，譯者必須仔細查證，找出正確術語，即「半致死劑量」。

如果不熟悉該行業，又不認真追查，翻譯時很容易望文生義，譯不出正確專業名稱，可說是差之毫釐，謬以千里，例如以下數例：

- ▶ operations research
    - ✗ 計劃性管理
    - ✓ 運籌學

- ▶ management by objectives
    - ✗ 按照對象管理
    - ✗ 按指標管理
    - ✗ 按實物管理
    - ✗ 物鏡下操作
    - ✓ 目標管理

- ▶ temperature independent
    - ✗ 溫度獨立的
    - ✓ 與溫度無關的

- ▶ remove and replace
    - ✗ 除去和取代
    - ✓ 拆卸更換（機器或儀表）

- ▶ Middle Swedish
    - ✗ 瑞典中部的
    - ✓ 中古瑞典語

▶ program control train leading system
  ✗ 程序控制訓練指導系統
  ✔ 程序控制列車牽引系統

▶ time of day clock
  ✗ 日鐘時間
  ✔ 日曆鐘
  ✔ 日時鐘

說明 這是顯示日期的時鐘,time of day 是形容 clock,而不是指 day clock 的 time。

▶ Diploma in Ophthalmic Medicine and Surgery
  ✗ 眼科與外科文憑
  ✔ 眼內科與眼外科文憑

說明 在醫學界 medical 也指內科,譯者若有醫學常識,就會發現將「眼科」與「外科」並列為一門學問並不合理。

　　如果原文本身是由另一種語文翻譯過來,那麼往往要多加追查。例如漢語許多佛教術語源自梵文,大多是一千多年前音譯或意譯過來,而英語討論佛教思想的文字使用梵文原文轉寫,而不譯出意義,所以中譯英時應當還原為梵文羅馬化:

菩提	bodhi
達摩	dharma
功德	guna
大乘	Mahayana
劫	kalpa
般若	prajna
南無阿彌陀佛	Namo Amitabha Buddha

日文的名詞也有類似的情形，有些詞彙西方讀者早已熟悉，因此也不需翻出意義：

武士道	bushido
武士	samurai
和服	kimono

(4) 入境隨俗

英語是世界上使用最廣泛的語言之一，擁有英式、美式和澳洲英語等不同種類。即使在英國也有地域（如蘇格蘭英語）和社會階級（如倫敦考克尼方言）之分。中文同樣也有這種情形，在台灣、中國、新加坡，甚至是遠在歐洲、美洲的華人，各有不同的詞彙——雖然近年來頗有逐漸混雜的傾向。

比方說,同是 potato,台灣稱「馬鈴薯」,中國北方稱為「土豆」。台灣稱為「酪梨」的 avocado,在香港叫做「牛油果」,大陸則多稱作「鱷梨」。台灣稱為「太空梭」(space shuttle),在大陸譯作「航天飛機」,香港則是「太空穿梭機」。Hotel 在台灣通常譯作「飯店」、「旅館」,在香港變成了「酒店」。Red tide 在大陸叫「赤潮」,香港叫「紅潮」。

同一個城市,中國叫「北京」(英文拼作 Beijing),台灣以前往往稱為「北平」(英文拼作 Peking)。同一種方言,中國稱「普通話」,台灣叫「國語」,新加坡叫「華語」。

延續上文,中國大江南北許多詞彙都不盡相同,以下舉例:

原文	北京 (及華北)	上海 (及華中)	香港 (及華南)
potato	土豆	洋山芋	薯仔
sweet potato	白薯	山芋	番薯
corn	玉米	珍珠米	粟米
cabbage	洋白菜	捲心菜	椰菜
jam	果子醬	糖醬	占
ice cream	冰激凌	冰淇淋	雪糕

fountain pen	鋼筆	自來水筆	墨水筆
purse	皮包、錢包	皮夾子	銀包、荷包
Charlie Chaplin	賈波林	卓別麟	差利

中譯英也有類似的情況，例如地下鐵路在英國叫做 underground，在美國則是叫做 subway；同為燃料，gas 出自英國人之口是「煤氣」，美國人則稱為「汽油」（即 gasoline 的簡稱）。英國書刊中的 the Continent 是「歐洲大陸」，美國書刊指的卻是「北美洲」。這類例子不勝枚舉，譯者既要增廣見聞，也要處處留神，還要弄清楚原文是從哪個社群來的，譯文要給哪一個讀者群使用，在翻譯過程之中銘記於心，這樣可以讓出錯減到最低。

(5) 約定俗成

語言的使用從來沒有絕對的對與錯，詞彙使用是否適當，常視情境等因素而定。語言不但千變萬化，從不凝固靜止（否則就是死亡），還是主要由使用者集體不斷創造更新，並無絕對客觀的權威。

正因如此，語言往往有「積非成是」的現象，語言的規則與用法依大眾使用習慣形塑而成，只要有足夠多的人使用，即使是錯譯也能成為真理或標準，不論語音、語法、語意、語用等層面莫不如此。

明白這個道理，應不難理解譯者在下筆時，往往只能「隨俗」的無奈。當大家把 show 一窩蜂譯作「秀」時，大多時候也只能跟風。明明 AIDS 譯作「愛滋」、meter 譯作「米」並不恰當，但也只能順應潮流。

事實上，歷來許多詞彙翻譯都有問題，甚至可說是以訛傳訛、代代相傳，以下我們習以為常的譯名，其實大有問題：

◆ 倫敦的老牌大報 *The Times*，翻成中文時不知為何成了《泰晤士報》，並不符合原文字意，「泰晤士」其實是流經倫敦的泰晤士河（Thames）。近年有人開始撥亂反正，改譯為《倫敦時報》。

◆ Napoléon 譯為「拿破崙」，發音既不準確，詞意也難以體現其地位。此譯名已流傳百年，卻少有人提出修正。

◆ Empire State Building 曾經是世界最高建築，多年來直譯為「帝國大廈」。然而，美國在命名時並非出自強調帝國的企圖，而是源於紐約州（New York State）的別名 Empire State，若譯為「紐約州大廈」更合適。

◆ Menam Chao Phraya 是流經曼谷的大河，歷來取第一個字音譯為「湄南河」，可是 Menam 正是泰語中的「河」，豈不全泰國的河都是「湄南河」，正確的名稱是「昭披耶河」。

此外,如今使用的地名,亦有許多以音譯翻譯,卻與當地實際發音不同的情形。舊譯流行已久,若要修改大眾可能反而不認識,不妨引以為鑑:

- ◆ 哥本哈根（København） → 應為「考彭豪文」
- ◆ 愛丁堡（Edinburgh） → 應為「愛丁伯若」
- ◆ 阿根廷（Argentina） → 應為「阿亨提納」
- ◆ 維也納（Wien） → 應為「威恩」

不少流行的譯名跟正式的發音有出入,主要是早年採用漢語方言音譯,後來變成通用譯法,例如「亞細亞」（Asia）、「福爾摩斯」（Sherlock Holmes）、「大仲馬」（Alexandre Dumas）與「小仲馬」（Alexandre Dumas *fils*）等。

會有這樣的現象,其實也不令人意外。譯者首要任務是滿足客戶的需求,通常會採取跟隨潮流的策略,社會使用怎樣詞語就怎樣譯。

然而,譯者同時也肩負社會責任,如果他認為譯名欠妥,應予以糾正,也應在適當的情形下改正。例如譯者可以在不妨礙讀者理解的前提之下使用《倫敦時報》來代替《泰晤士報》,這樣久而久之,或能撥亂反正。

以往的誤譯,也有改正過來的例子。早年台灣因 James Joyce 作品風格帶悲觀色彩,而將他譯作「喬哀思」,現已

改為「喬伊斯」，更貼近原文的發音。香港多條街名的中譯由於原文發音欠準，使得錯誤的翻譯流行多年才得以更正，例如「公眾四方街」（Public Square Street）乃是誤解 square（廣場）的意思，並已正名為「眾坊街」；「梳利士巴利道」（Salisbury Road，l 不發音）正名為「梳士巴利道」，這些轉變都源自譯林中有識有心之士的努力。

2 譯名矛盾與統一

以上幾個原則，在應用時往往產生矛盾——本來譯名應該盡可能符合公認的原則，但是有時卻偏偏要用流行譯法。例如美國名城 Philadelphia 全名為「費拉德爾菲亞」，可是這個冗長的譯名少有人使用，大家慣稱為「費城」，Philadelphia pepper pot 這種用牛肚、胡椒煮成的濃湯，也就順理成章譯成「費城胡椒羹」。

先前提到「名從主人」的原則，亦容易跟「追根究柢」產生矛盾，因為譯者往往發覺越深入研究，越覺得要正確反映原文本義相當不容易，例如前面提到「香港管弦樂團」的中英名稱不相符，不論中譯英還是英譯中，譯者始終無能為力，只能採用該團的正式稱謂。The British Isles 歷來誤譯為「英倫三島」，然而英國由英格蘭、威爾斯、蘇格蘭、北愛爾蘭組成，分屬兩大島，「三」這個數目不符地理事實，但是譯者通常只能將錯就錯，要不然就乾脆稱作「英國」。

究竟譯者要肩負多少扭轉乾坤、撥亂反正的責任，改正錯誤翻譯，根除譯名混亂，這是值得深思的問題。有時譯者甚至必須隨俗（例如「拿破崙」和「帝國大廈」），有時也可以在不妨礙譯文讀者理解及客戶利益的情況下，採用較正確的音譯或是較恰當的譯法（例如《倫敦時報》和「昭披耶河」）。

詞語的翻譯是一門講求變通與折衷的藝術，此時譯者最能派上用場的武器，是對原文領域的深入認識，以及對翻譯案件的充分了解，能在準確度與可讀性間取捨。

第 8 章 文類的認識和處理

1 認識文類的特色

翻譯工作要做得好，重要的是了解每一種「文類」的寫作特色及翻譯方法。所謂「文類」（text type）就是指文章的類型，一般可分科技、新聞、公文、法律、學術、文學、商業、宗教、哲學、公關等。這些五花八門的類型，又可以大致上分為「知性」與「感性」兩大類，前六種屬於知性類，而後四種屬感性類。

2 處理知性的文字

「知性」的文字以傳遞資訊為目的，這些資訊通常是由數據與邏輯推理之類的文字所組成。翻譯這類文本時，以下幾點值得注意：

Ⓐ 必須尊重客觀事實

原文所提到的資訊，通常需在譯文裡原原本本保留。例如 3,000 就譯為「三千」，「紅玫瑰」就是紅色的玫瑰花。

Ⓑ 風格為資訊而服務

　　每一種文類通常早已有固定的寫作風格、體裁，甚至格式，這些規範往往是各種語言共通的（也有例外，見下節 (6) 商業）。作者按照既定的形式下筆，譯者亦需遵循相應的規範，不作過多創新。

Ⓒ 隱藏譯者個性

　　知性文字翻譯的標準通常是「誰來翻譯，結果都一樣」，譯者在修辭文采方面的原創性低。最極端的例子是天氣報告，應不同譯者翻譯譯文幾乎百分之百相同。

Ⓓ 冷靜客觀疏離

　　翻譯知性文類時，譯者應實事求是，保持冷靜和客觀，不摻入個人色彩或情緒。也有少部分例外，包括某些新聞及公文。

Ⓔ 文化因素影響較小

　　知性文類較少涉及不同文化所獨有的內涵，例如科技、法律、學術文獻，通常不會引用典故來說明道理。

　　了解知性文類的翻譯原則後，以下將介紹目前翻譯市場上最常見的知性文類。

(1) 科技

　　　　科技涉及領域相當廣泛，涵蓋醫學、物理、工業技術、

工程、電子、生態學等,分科越來越精細,譯者若非該門學科出身或素有研究,往往需要與專家合作才可翻譯得稱職,因為平常慣用又淺易的詞語(如 table、chair 之類),在不同的專業裡往往變成了專門術語。

科技文字有特殊的寫作風格,包括:

◆ 詞義專一,往往一個詞只有一個意思,明確容易界定

◆ 大量使用名詞化結構,例如:

✗ 不說

The Earth rotates on its own axis, which causes the change from day to night.

✔ 會說

The rotation of Earth on its axis causes the change from day to night.

◆ 常用被動語句

◆ 常用長句來保證邏輯嚴密

常用縮略詞,例如:

- hp-hr 代替 horsepower-hour(馬力/小時)
- ICBM 代替 Intercontinental Ballistic Missile(洲際彈道飛彈)

◆ 常用複合詞,例如:

anti-armored-fighting-vehicle missile

科技文字通常很標準化而且國際化，風格與格式相當劃一，語調客觀、疏離、非個人化。翻譯科技文字必須對專業領域有充分掌握，使用正確的專業術語。例如：

原文	劣譯	正確翻譯
great pressure and heat	巨大的壓力和熱	高溫高熱
geologic time	地質時間	地質年代
advanced geophysics	高級地球物理學	高等地球物理學
the development of clays	粒土類礦物的發展	粒土類礦物的形成

不過這也並非等於說凡是科技翻譯都是機械式的文字轉換，搬字過紙。越來越多的科技翻譯不再是「一比一」的過程，也就是在篇幅等方面對等，而是採編譯、撮譯或節譯，讀者群也不再單一——以前大多數科技文章的原文是專家寫給專家看，譯文也一樣，現在譯文的「消費者」包羅萬象，同一份科學研究報告可以譯給專家學者、普羅大眾、兒童等對象，因而衍生出雜誌報章、電台電視、兒童刊物等版本。

正因為科技文章的使用功能有別，翻譯工作的要求也不一。純科技性的報告，例如實驗報告、科技論文、申請專利的法律文件、維修手冊及使用說明等，這類譯文要求

功能對等，即用途也跟原文一樣，必須力求所有細節精確，否則可能導致機械損毀，甚至人命傷亡。至於科普文章，目標在於將複雜又專門的科技知識解釋給行外讀者，文字力求淺易，敘述清楚。

(2) 新聞

新聞寫作也是範圍廣泛，其內容涵蓋天文、地理、政治、科技，乃至文化、藝術、體育，其共通的特點是作者以報導採訪的身分，透過文字及電子媒體將新知傳達給讀者，通常遵守客觀、忠實、中立的守則，求快之外亦求準求真。新聞文字有相當劃一的體裁與風格，報導的寫法大同小異，社論、花邊新聞、球評各有習慣的體例。有些大機構（例如《時代周刊》）還有嚴謹的專用文體（house style）。

翻譯新聞工作時間相當緊湊，往往得在時間壓力下產出譯文，既沒時間追查資料，也無法好好修改琢磨，時間一到就要交稿。

新聞翻譯很多時候是「編譯不分」，譯者須按該機構格式及版面需求，來寫出合用的譯文。以報紙為例，每則新聞多有限定字數，如國際新聞專欄若僅分配四百字，譯文便須精準控制在四百字內，不多不少。電視新聞受時間長度所限，譯文不僅要長度適中，還須與畫面搭配，每個鏡頭都需配上內容相符的旁白，使訊息與影像同步傳達資訊。

此外，譯者除了要與編輯合作，還要遷就身處機構的「文化」，包括立場、傳統、風格等。例如在香港媒體界中，親台灣的和中立的會稱 Korea 為「韓國」，而親北京的報紙會稱為「朝鮮」；又如英國的 *The Times* 各報都習慣譯做《泰晤士報》，但如果有某報力排眾議，堅持譯為《倫敦時報》，譯者應該遵從。

新聞翻譯有以下特點：

◆ 大量使用略語，例如：
- Rep. 表示 Representative （眾議員）
- Sen. 表示 Senator （參議員）
- GOP 表示 Republican Party（共和黨）
    *GOP（即 Grand Old Party）為共和黨的別稱。
- DNC 表示 Democratic National Convention （民主黨全國代表大會）

◆ 頻繁使用合成語，例如：
- news broadcaster → newscaster　新聞播報員
- Reagan Economics → Reaganomics　雷根經濟學

◆ 大量使用新聞詞語（journalistic words），例如：
story（一則新聞）、woo（爭取支持）、boost（提高）

◆ 廣泛使用短小的同義詞，例如
　　✔ 用 fit　　　　　✘ 不用 appropriate

✔ 用 ace　　　　　✗ 不用 champion
✔ 用 about　　　　✗ 不用 approximate

◆ 標題採用省略手段及藝術性修辭法

例如 "Major Meets Miners"——這句新聞標題三個頭字都押了頭韻（m），而且借 miner 與 minor 諧音，達到 major-minor 對比的效果（Major 指英國首相 John Major）。

◆ 廣泛使用引述語句，以強調報導真實，又增加感染力。

(3) 公文

各國政府因外交與行政所需，經常需將公文與文件譯成其他語言。像香港和新加坡等多語社會，政府機關有大量文件需要雙語互譯，例如表格公函、演講詞、部門報告、會議紀錄、公告等。公文的寫作風格與格式體裁，都有嚴格規定，可以說不懂得撰寫公文，就不可能翻得妥當。公文所涉及的詞彙，得依照標準使用，例如台灣和新加坡 President 是「總統」，中國大陸的 President 是「國家主席」，歐盟的 President 是「主席」。

公文的翻譯另有一個特色，就是譯文跟原文在形式、內涵，甚至功能方面都對等。舉例來說，香港市民收到政府發出的通知信，不論是以中文還是英文撰寫，其法律效力均相同。

公文翻譯與新聞翻譯一樣，需遵循既定的行文規範，不宜任意改動。例如若政府在給市民的函件普遍使用「您」，譯者就不應使用「閣下」。

(4) 法律

一般所指的法律文件，其實可分為三類：

- ◆ 政府與政府或國際機構之間的協議與條約
  如雙邊條約、多邊公約、國際協定等

- ◆ 政府本國內的法規
  如憲法、法律、法令、條例、行政命令等

- ◆ 民間機構或私人法律文件
  如合約、公司章程、證書、授權書、遺囑等

法律文字特別在於一字一句皆有作用，而且相互呼應、貫徹始終成為整體，產生法律效力。它們不但是嚴格按照法律專業寫成，而且措詞謹慎，不容許矛盾或詞義含糊的情況，雖然有時由於種種原因亦不可免。

與公文不同，法律文獻的譯本通常不具法律效力（雙語立法則另當別論）。有時也會配合讀者而改變風格，例如政府針對藍領階層，印發小冊子解釋勞工法例，自然要簡化內容並使用淺白的語言。

也與大多數翻譯工作不同,法律的翻譯在大多數情形下求準確多於求暢順或易明,讀者能否吸收或如何理解,都不是主要考慮,反而原文的含義有沒有完整而正確地按照譯入語法律文字的方式傳達,才是譯者最主要關心的事。

(5) 學術

學術翻譯的文本大致分為三類:

- ◆ 學術界內分享研究成果的論文著作
- ◆ 將學術成果向大眾介紹的報告文字
- ◆ 大中小學使用的教科書與讀物

上述第一類的文字風格與格式嚴謹,例如在字級、注釋、修辭、標點、引用等格式,皆有明確規範。第二類筆調較平易,風格趨近甚至是屬於新聞寫作。至於第三類則另有一套準則,包括編譯的比重多於翻譯,行文需配合教學需要與學生年齡,語文要莊重及標準等。

以上三類即使用途各異,學術文本始終有個共通的宗旨,就是分享知識。科學家研究萬物原理,然後向人介紹,因此學術文字通常採用報導式的客觀手法,下筆嚴謹,措辭規範。譯者則將其成果傳遞給公眾,在翻譯時要切合讀者的知識及語文程度。

總結來說,學術翻譯既像翻譯新聞,翻譯教科書時往往編與譯不分;又像公文翻譯,譯者需先熟悉該類文體的

寫作方式，才可能譯得恰當。

(6) 商業

商業翻譯包括公司的信件、內外部刊物、會議紀錄、年報、訂單，以及各類工商、財經金融的文章、資訊等。這些文字有部分接近或屬於法律文獻，甚至具有法律效力；有部分接近公文（如表格），有部分接近新聞（例如財經報告），也有部分接近公關廣告（例如年報與新聞稿）。它們共通點，就是以營利為目標，為創造利潤而撰寫，內容主要是商業活動相關的事宜。

如今商場競爭愈發激烈，講求的是速度與效率，因此過於客套委婉的措辭，逐漸不符時代所需。現代商業書信風格傾向開門見山，溝通直截了當，文字層次清楚，簡潔自由，而且趨向口語化。能否翻好這類文字，取決於商業寫作能力有多高，以及對於該公司機關的業務有多熟悉，因此應與客戶維持良好關係與溝通。

3 處理感性的文字

「感性」文字主要目的是表達自身情感，或影響他人的思想與行為，至於文中涉及的資訊，往往居於次要。除了描述之外，語言的手法還可能是發洩、質問、諷刺、唯美式的創造、命令等。翻譯這一類的文類，以下幾點值得注意：

Ⓐ 客觀事實未必最重要

「白髮三千丈」若是照字面譯成英文，讀者未必能知道有多長，即使精確地換算為國際單位，亦未必達到原文同等的效果。再如「紅色」或「玫瑰花」，兩者在不同文化裡往往喚起不同的情緒意義，所以照本宣科未必能達到理想的效果。

Ⓑ 難有公認的解釋

「水加熱至 100°C 會變成水蒸氣」，這種科學定律，人人理解一致。但是像「存在先於本質」、「天空很希臘」蘊含哲理與象徵的語句，往往難有公認的解釋。翻譯這一類文字，詮釋的工夫就顯得尤為重要。

Ⓒ 創造自由度較大

知性文字講求如機械般翻譯，篇章功能對等，然而這樣的手法未必達到感性文字所追求的效果，譯者必須使出渾身解數，運用各種翻譯策略，例如換例、改寫等。譯者不僅需具有想像力，也考驗其敏銳的洞察力與語言能力。

Ⓓ 譯者投入程度較大

翻譯知性的文字，就像將同樣的水（內涵）倒入另一個杯子（語言）；而翻譯感性的文字，則像鋼琴家演奏經典作品，讓曾出現在另一時間空間的現實重現眼前。因此，譯者翻譯感性文字，更要憑藉自身學養、情感與經驗等，與作者共同創造出「意義」，再透過的語言功力表達出來。

Ⓔ 文化因素影響較大

　　知性文字以知識、事實為中心，表達方式較劃一；而感性文字通常以作者及讀者為中心，往往涉及個別文化獨有的事物與在地元素，例如文學往往描寫特定社區的風貌與生活經驗（雖然亦會藉此傳達普世道理），廣告則往往融入大量本地文化特色以強化吸引力。

(1) 文學

　　　　文學是語言運用藝術的最高境界，也是所有文類中最能展現作者個人風格，也最仰賴作者與讀者互動關係的文字形式。「純文學」，即以追求藝術價值為目的的作品，常見的體裁包括詩、小說、戲劇與散文。然而，許多非文學文類，特別是新聞特寫、哲學論述、廣告文宣、政治演講、宗教論著等，也常融入文學元素，運用語言藝術來強化文字的效果。

　　　　文學作品最講求「風格」，翻譯不但要照顧到形式內容，更要重視原著的「神韻」。跟天氣報告、科學實驗報告等知性的文字相反，文學作品的翻譯重視譯者對原著的理解與詮釋，形成緊密的「互動」（interaction）關係，因此十位譯者翻譯同一篇作品，往往有十種不同的譯本，各有特色，分別捕捉到原著的不同面貌，甚至難分高下。

也因此，文學作品也是所有文類中最難有公認解釋的作品，譯者既要靠文學批評訓練及敏銳觸角，有時也要深入研究各方專家對作品的考證，作為理解原文的參考。

文學譯者要像原著的作家一樣，不但想像力豐富、寫作藝術水平較其他文類的作者高，精於透過文字媒介與人溝通，還要多方累積經驗，對人生世事有深刻的洞察。例如，譯者若曾從事劇團表演，就知道如何寫出通順不拗口的台詞；熱愛植物的譯者，對於文學中出現的植物，能夠了解其功用與象徵寓意。譯者於各方面的興趣與經驗，往往能帶來助力，工作時更能事半功倍。

(2) 宗教

宗教文獻包括經文（例如《可蘭經》、《法華經》、《聖經》），以及禱文、頌歌、教會文件、靈修讀物等，引導人們追尋靈性啟發。

由於宗教的重點在於超越俗世的存在，超自然的「靈感」與啟示相當重要，譯者若本身未嘗有此類體驗的話，難以充分理解箇中內涵。

宗教文獻大多數只屬於特定宗教、甚至教派使用，所以在解釋乃至詞彙使用等方面，必須遵照客戶的需求或傳統。例如 St. Peters 在基督教可能指某座聖彼得教堂，在天主教可能指位於梵蒂岡的聖伯多祿大殿，*Mark* 一書基督教

稱《馬可福音》，天主教稱《馬爾谷福音》。

此外，翻譯宗教作品通常還需心懷熱誠、投入與委身精神，這種奉獻精神與一般的商業翻譯服務形成鮮明對比。

(3) 哲學

哲學文獻包括哲學家的著作、學者對哲學家的思想的研究論文，以及介紹哲學思想的普及讀物。這類文本的共通之處在於探討形而上的問題，深刻反思人生處境。因此，哲學翻譯如同法律、宗教等專業領域的翻譯，若譯者有相關學科背景，翻起來更能得心應手。

翻譯哲學最困難的地方，恐怕在哲學家通常用母語來思考、表達思想，而代表其概念的詞彙，往往深植於個別文化傳統之內，不容易以另一種文字來表達，例如中文的「仁」與、英文當中的 "existence" 等。個別的詞彙往往是整體思想的關鍵，翻譯時要特別重視。

(4) 公關

公關翻譯包括宣傳資料、形象設計的文字、新聞稿、口號標語等。服務的範圍既有商業目的（例如產品推廣），也有非商業的（例如公共衛生宣導）。在所有文類之中，廣告公關文獻的翻譯在處理手法與策略方面，通常自由度最大，有些文件（例如產品介紹或新聞稿）會雙語並列，

內容與風格對等（即是一比一形式的翻譯）。也有些材料是需要翻譯意象，而非翻譯文字，即是譯者需按照某個意象，重新撰寫宣傳文字，甚至更換原文意象，例如口號、標語、廣告歌。比如原文在甲社會以女性溫柔形象，比喻某款護膚產品帶給人的感覺與效用，但在乙社會若採用同一個意象，可能喚起性別意識的惡感，譯者需思考如何更換，例如改用清風、棉絮或小白兔來作為意象。

廣告公關文字大概也是最重視情緒意義的文類，通常作者和譯者有相當大的自由度來選用資料與宣傳角度，來製造感性效果。因此這類文字的譯者對於宣傳對象的情緒反應必須特別敏銳，能夠與他們「共同呼吸」，以達到宣傳目的。

廣告公關語言有特別的風格，包括：

◆ 大量使用形容詞，例如 new、best、fresh、real 等。

◆ 大量使用省略句、祈使句及破折句，使句子簡短有力。

◆ 大量使用藝術性修辭，特別是影射、雙關語等。
例如以「仁可以貌相」為果仁的廣告詞，語出「人不可貌相」。

廣告公關以客戶的利益為優先，翻譯這一類文字，要秉持為客戶利益服務的精神，將翻譯視為整個行銷策略的一環，與行銷團隊緊密配合，以達成最佳宣傳效果。

表 8-1 各種文類的特色

知性文字		
- 必須尊重客觀事實 - 風格為資訊而服務 - 隱藏譯者個性 - 冷靜客觀疏離 - 文化因素影響較小	科技	- 涉及大量專業知識 - 風格體裁規定嚴謹 - 術語詞彙標準化、國際化 - 按照譯文功能與讀者需求翻譯
	新聞	- 編譯不分,工作時間緊湊 - 必須符合字數與時長限制 - 必須尊重媒體立場與規定
	公文	- 必須尊重機構立場與傳統 - 必須遵從格式及風格規定 - 譯文很可能功能與原文相等
	法律	- 每字每句皆有作用,產生法律效力 - 措詞相當謹慎,重視全文前後一致 - 譯文效力往往與原文不相等
	學術	- 格式及風格規範明確 - 下筆嚴謹、措辭規範 - 切合讀者知識及語言程度 - 教科書編譯比重多於翻譯
	商業	- 以客戶利益為優先 - 風格趨向簡潔直接 - 需熟悉客戶業務及商業寫作

感性文字 • 客觀事實未必重要 • 難有公認的解釋 • 創造自由度較大 • 譯者投入程度較大 • 文化因素影響較大	文學	• 譯者與作品產生互動 • 沒有絕對權威的解釋 • 需參考各方注解與批評 • 重視重現原文的「神韻」 • 譯入語修養要求極高
	宗教	• 宜有相關宗教的親身經驗 • 必須尊重宗教傳統立場 • 仰賴超自然的「靈感」
	哲學	• 需經充分研究以理解哲學思想 • 哲學詞彙多深植特定文化脈絡 • 哲學詞彙在翻譯時要特別重視
	公關	• 以客戶利益為優先 • 通常翻譯自由度高 • 重視情緒效果與意象 • 要配合其他宣傳環節

第9章
譯文常見的毛病

「人誰無過」，這句話譯者往往感受特別深，由於種種原因，譯文要完全不出錯是不可能的。

即使翻譯難以做到完美，但這並不等於譯錯沒什麼大不了；譯錯了，輕則影響語意，重則釀成大禍——如果原文是「不同意」，譯文卻變成了「同意」；或者原文是「二百億」美元，譯文變成了「二十億」，後果不堪設想。碰上藥品說明書、機械操作手冊等文本，誤譯還可能會鬧出人命。

有些錯誤比較可以原諒，例如時間緊急無從查證美國總統的 "brother" 究竟是哥哥還是弟弟；有些較難原諒，例如粗心大意弄錯了數字，把 A.D. 1894 譯為「西元 1984 年」，或把 650,000 譯成「六萬五千」。在翻譯考試中，一兩次「難以原諒」的錯誤就可能評為不及格。

「過而能改」，是翻譯工作者不斷努力的方向，不只是從他人的錯誤，更要從自己的失誤中汲取教訓，深刻反思如何才能譯得更好。

以下舉出翻譯常見的錯誤種類，我們可以在了解其因由之餘也能：

- 懂得在哪些地方需提高警覺，再三查證與核對
- 認識正確理解原文的方法，避免不必要的過失
- 了解自己應在哪些方面多加學習，例如習語運用、文化背景、文體格式等

1 原文理解能力不足

不少翻譯工作者常犯的錯，是誤解原文的意思，望文生義，導致譯文意思與原文相去甚遠。例如以下舉例：

▶ Let's ***talk business***.
✗ 讓我們來**談生意**。

若按照字面來理解，business 最常見的意思是「商業」、「生意」，譯成「談生意」於多數情況下看起來合乎常理。然而這句話，並不是要與對方交易，而是不要浪費時間在周旋與客套話上，開門見山，直入正題，因此可譯為：

✔ 我們來**談正事**吧。

▶ The principal is currently away on a business trip.
✗ 校長正在商務旅行中。

這句話若按字面譯為「商務旅行」，不符合譯入語習慣，可譯為：

- ✔ 校長出差去了。

再者，許多原文與譯入語的說法表面相互對應，但含義並不相同，往往成為翻譯的陷阱，例如：

▶ What a *shame*!
　✗ 真是**可恥**！

▶ The porridge was made of *Indian meal*.
　✗ 粥是**印度餐**。

▶ He made some *personal remarks*.
　✗ 他作了一些**個人的評論**。

What a shame! 其實是表達惋惜的感嘆，就像中文說的「真是可惜啊！」；Indian meal 不是「印度餐」，而是「玉米粉」。玉米是美洲原住民人的主食之一，Indian meal 就是玉米粉，Indian meal bread 就是用玉米粉做成，不是麵粉做的麵包。Personal remarks 也不是「個人的評論」，其實是「人身攻擊」。上述例子應能說明，對原文文化與語言理解不足，會影響譯文準確，例如以下數例：

▶ Your husband *wants* wit.
　✗ 你的丈夫**需要**智力。

說明 這句話原文 wants 並非解作「需要」，而是「欠缺」、「不足」的意思，wits 除了指「智力」之外，還有多種意思，例如 a man of wit 是「風趣的人」，a wit 也指「巧嘴人」，所以這句話可以視情況譯成：

- ✔ 你先生頭腦不敢恭維。
- ✔ 您的先生不算得上風趣。

▶ He *does not begin to speak* Japanese.
- ✗ 他**開始時不講**日語。
- ✗ 他**不先講**日語。
- ✔ 他一點也不懂日語。

▶ Mary *made* John a good wife.
- ✗ 瑪麗為約翰**造個**好妻子。
- ✔ 瑪麗**做了**約翰的好妻子。
- ✔ 瑪麗**成了**約翰的賢內助。

▶ The importance of sincerity *cannot be overstated*.
- ✗ 誠意的重要性**不能被過分強調**。
- ✔ **誠實非常重要**。

說明 第一句譯文是將作者本意倒轉，誤把極重要變成不大重要。

▶ I need your ***moral*** support.

　✗　我需要你的**道德**支持。

說明　誤譯往往是譯者不知道原文與譯入語表達方式有異，照本宣科譯出字面意思，譯者只要翻查字典，就知道 moral support 與「道德」無關，漢語一般說法是「情義相挺」或「精神支持」。

▶ Now, where are we?

　✗　現在，我們在哪裡？

說明　其實原文是口語化的說法，意思是「嗯，講到哪兒？」，並非在問身處何處。

▶ As you move through the building, reduce the fire risk by closing doors ***behind you***.

　✗　在本大廈走動時，關上**你身後的門**以減低火災危險。

說明　原文並非指「在身後」的門，中文的說法是：

　✔　在本大樓進出各房間務必**隨手關門**，以降低火災危險。

▶ She was talking to me when a policeman appeared.

　✗　當有個警察出現時，她正在跟我談話。

　✔　她正在跟我談話，突然有個警察出現。

說明 原文 when 子句並不是用來說明 was talking 是在什麼時候發生，when 這種用法是 at that moment 的意思。

▶ Inorganic chemistry is linked closely to geology, mineralogy and metallurgy; organic chemistry to physiology, biochemistry, and biology ***in general***.
   ✗ 有機化學**總的來說**則與生物學、生物化學以及生物學有密切的關係。
   ✔ 有機化學則與生理學、生物化學**乃至整個**生物學都有密切的關係。

說明 原文 in general 不是修飾全句，只修飾 biology。這是由上下文語義決定，理由是 physiology 和 biochemistry 不能與 biology 並列，二者是 biology 的分科。

▶ There was ***no question*** of a policy U-turn.
   ✗ 政策急劇大改變**是沒有問題的**。
   ✔ **絕對沒有**政策的急轉彎。

說明 誤句意思剛好跟原文相反，是誤解 no question 的用法。

▶ The baby's ***going down***, give me a blanket.
   ✗ 嬰兒**掉下去**了，給我一張毯子。
   ✔ 嬰兒**睡著**了，拿件毯子來。

說明 Going down 是常見說法（澳洲英語尤其普遍），意思是睡著了。

▶ I *am afraid* you are wrong.
✗ 我**害怕**你弄錯了。
✔ **恐怕**你弄錯了。

說明 I am afraid 是委婉拒絕別人或指正別人的常見說法，並非指「害怕」。

▶ We followed the pastor's instructions *to the letter*.
✗ 我們遵照牧師的指示**寫信**。
✔ 我們**完全**遵照牧師的指示辦事

說明 原文 to the letter 是成語，意思並不是寫信，而是「嚴格遵照指示辦理」。

▶ It was a kind of *brainstorming* yesterday.
✗ 昨天它是一種腦風暴。
✗ 昨天它是一種腦中風。

說明 Brainstorming 是近年開始普遍的用語，指的是集思廣益、自由討論的場合，可照字面譯作「腦力激盪」，因此這句話可譯為：

✔ 昨天開的會是**腦力激盪的討論**。

- The nearer the bone, the sweeter the meat.
  - ✗ 肉越貼近骨頭的部位越美味。
  - ✔ 越到後面越精彩。
  - ✔ 精華在最後的部分。

- You don't have to be brainless and unpopular to be a shoplifter.
  - ✗ 你一定不要不用腦子，不顧眾人去偷店裏的東西。
  - ✗ 你不必不用腦，不顧眾人眼光去偷店裏的東西了。
  - ✗ 你不要昏頭昏腦不顧一切地去店裡偷東西。
  - ✔ 頭腦正常，名聲不壞的人不見得就不會順手牽羊。

- Have you got the time?
  - ✗ 你有沒有時間？
  - ✗ 你有沒有空？
  - ✔ 現在幾點鐘？

說明 原文並非詢問聽者本身有沒有空，而是問人家時間。

2 專業知識不足

也有許多翻譯錯誤，是譯者對專業領域的知識理解不足，僅能以外行人的角度去理解，於是譯文輕則不太對勁，重則錯誤連篇。

▶ The ***determination*** of ***trace concentrations*** of ***mercury*** in mineral materials is described.

✗ 本文論述礦物中**水銀**的**微量集中**的**決定**。

這句譯文不能說是大錯，但不符合學科習慣用語。原文為採礦的科學報告，在化學科技文章裡，mercury 稱為「汞」、trace 通常作「痕」，trace concentration 就是「痕量」，而 determination 是「測定」，因此應翻作：

✔ 本文論述礦物中**汞痕量**的**測定**。

從這句話的翻譯，可看出譯者是否具備原文相關學科領域的專業知識十分重要，像 concentration 這個常見詞彙，在科技文章往往有以下幾種不同的意思：

▶ Electrode potential depends on the ***concentration*** of the ions.

✔ 電極電位決定於離子的**濃度**。

▶ A ***concentration*** process is important now that the depletion of high grade ores is a possibility.

✔ 由於目前高階礦石有可能用完，**富集**過程是重要的。

▶ The only treatment process has been direct melting after a very rough and imperfect ***concentration***, practiced at the mine.

✔ 唯一的處理程序，是經礦場大致**粗選**後直接熔煉。

▶ In spite of this, the relation between mineralogical composition of the ore, flotation reagent consumption and ***concentration*** results has been hardly touched upon in publications.
✔ 雖然如此，礦石的礦物組成、浮選藥劑的耗量以及**精選**結果之間的關係幾乎未有書刊論及。

以上五個例句均出自同一篇專業文章，文中 concentration 分別譯為「濃度」、「量」、「富集」、「選礦」〔一作「粗選」（imperfect concentration）、一作「精選」〕。

「濃度」是化學術語，「量」於物理上用於量度物質大小或多寡，但實際上二者是相通的，因為濃度通常可以重量計算（如用毫克／升來表示）。「富集」則是冶金術語，而「選礦」是冶金中的一個分支，二者又有共通之處：選礦是富集的方法之一，富集是選礦的概稱。

▶ Look as if it's going to be a one-horse race.
✘ 看來這場比賽只有一頭馬出賽。

One-horse race 不是由一頭馬獨自跑，這句話意思是：

✔ 看來這場比賽這匹馬所向無敵。

▶ Another ***away-win*** for Liverpool.
  ✗ 利物浦隊又**再別離勝利**。

說明 原來英國足球聯賽兩隊會輪流以自己的基地作主場，兩仗合計戰果計分。這句話意思是：

  ✔ 利物浦隊再次在客場比賽勝利。
  ✔ 利物浦又再客場比賽得勝。

▶ His patient died on the ***table***.
  ✗ 他的病人死於**桌**上。

說明 醫學界把手術台稱為 table，這句話應譯為：

  ✔ 他的病人在手術中死亡。

▶ ***Describe*** a circle.
  ✗ **形容**一個圓圈。

說明 此處 describe 為幾何術語，describe (a circle)、drop (a perpendicular)、construct (a triangle) 都是「畫」的意思。

▶ The pitcher threw a fastball across the plate.
  ✗ 投手越過板子投出一個直球。

懂棒球的內行人都知道正確的說法是：

  ✔ 投手向本壘投了一個直球。

▶ 警方從未找到半點**物證**證明他犯該罪。
- ✗ The Police never found any material evidence connected him to the crime.
- ✔ The police never found any real evidence connected him to the crime.

說明 譯文中的 material evidence 是錯的，「物證」與「人證」相對，英文法律術語是 physical evidence 或 real evidence。而 material evidence 確有此詞，意思是對審理的事實有影響的證據，常譯為「實質證據」。

▶ 單位**應當**給予一定時間的產假。
- ✗ A maternity leave of a fixed number of days ***should*** be given by the unit.

說明 「應當」一詞於日常使用時，一般都翻作 should，但於法律條文中，此處「應當」其實是「必須」的意思，而英文 should 是比較委婉的說法，意思是「應該」或「最好如此這般」（如果不如此這般，那只好算了），並不適合。應改為 shall，才正確傳達出強制的力量：

- ✔ A maternity leave of a fixed number of days ***shall*** be given by the unit.

▶ Night-time asthma ***attacks*** are often associated with ***down*** pillows.

　✗　晚上的哮喘**襲擊**往往是和**跌下地面**的枕頭有關。

說明　誤句可看出譯者對醫學相關用詞不熟悉： attacks 不是「襲擊」，而是疾病「發作」；down 是名詞，指「鳥的羽絨」。正確的譯法應是：

　✔　夜間哮喘**發作**的成因往往是因**羽絨**枕頭所致。

▶ John works in a ***legal firm***.

　✗　約翰在一間**法律公司**任職。

說明　英文中的 legal firm，中文一般叫做「律師事務所」或「法律事務所」，可譯為：

　✔　約翰在一間**律師事務所**任職。
　✔　約翰任職**法律事務所**。

3 文化修養不足

　　上節說明若缺乏原文相關專業知識，無法準確掌握語意，導致譯文出錯，這一點不難理解。然而，譯錯的成因不止於此，對原文文化認識不足，時常也是翻譯出錯的根源。以下例可說明此點：

▶ The *Greek environment commissioner* challenged the *Danish presidency* in yesterday's EU debate.
✗ 在昨日歐盟的辯論中，**希臘環境委員挑戰丹麥總統職務**。
✓ 昨日歐盟進行辯論，希臘籍的環境事務專員向**輪值主席的丹麥代表**提出質疑。

譯者要對歐盟（European Union）制度有基本認識，才不至於像誤譯那般誤會重重：原句提出質疑的委員，實際上並非希臘政府官員，而是歐盟一位專員（相當於部長）。此外，他「質疑」（可能是「炮轟」、「指控」、視上下文而定）的對象不是丹麥總統，而是歐盟主席。歐盟主席一職由成員國輪流擔任，這時輪到丹麥。

以下將舉數例，進一步說明文化修養不足如何影響譯文：

▶ The *Indians* were only fighting for their rights to live on their ancestors' land.
✗ 那些**印度人**無非是爭取在祖先土地上生活的權利。

說明 說明這句話的情境若是在美洲大陸，不是指「印度人」，而是「印第安人」。

▶ No *four-letter words* please.
✗ 請勿講四字語。

說明 中文若想委婉表達粗話，會稱作「三字經」，不應將 four-letter words 直譯。

▶ 冰清玉潔
　　✗　as chaste as ice and jade.

說明 jade 在英語中有形容女性淫蕩不貞的聯想，所以若保留原文意象，效果適得其反，變成諷刺語。

▶ The victim was shot in front of a ***building society***.
　　✗　受害人在一間**建築協會**門前遭射擊。

說明 在英國，building society 與建築行業無關，亦非學會，而是類似「土地信用合作社」，接受會員存款並貸款給擬建屋或購屋的會員，是金融機構的一種。

▶ The British prime minister, never ***a zealous European***, objected to the tunnel plan.
　　✗　從來不是**狂熱歐洲人**的英國首相反對建英法隧道計劃。

說明 這句譯文令人費解，原因在於原文中的 a European 一詞，實際上帶有文化與政治背景，它指的是二十世紀末，歐洲各國邁向統一的進程中，開始認同「歐洲人」身分的人。較清楚易懂的翻譯為：

　　✔　這位英國首相向來不**熱衷歐洲統**一，反對建英法隧的計劃。

此外，上句英國讀者一看便知道是指哪一條隧道，不需明言，但譯成中文時宜補上資訊：「英法隧道」。

▶ The ***U.S. Marines*** landed this morning.
　✗　**美國海軍**今晨登陸。

說明　U.S. Marines 是「美國海軍陸戰隊」的慣稱。

▶ Then it was our hero's turn to contract ***the French disease***.
　✗　然後是我們那位英雄的機會，染上**那種法國疾病**。

說明　French disease 指的是「梅毒」，而法語「禮尚往來」，稱之為「英國疾病」（Maladie Anglaise）。所以應該譯為：

　✓　然後輪到本文的主角染上**梅毒**。

▶ From McGill University, he moved across the border to ***Cambridge***.
　✗　他離開了麥吉爾大學，到鄰國的**劍橋**。

說明　麥吉爾大學在加拿大，劍橋在英格蘭，原文所指的 Cambridge，是指美國東北部城鎮「坎布里奇」，乃哈佛大學及麻省理工學院等名校所在地，同一英文地名兩處譯名不同，一不小心就會弄錯。

4 語言藝術修養不足

在日常的語言使用中，很多時候不是直接又明白表達意思，而是採用比喻、習語、誇張、諷刺等修辭手法，翻譯時要充分理解，恰到好處地表達出來。見以下數例：

▶ Nice clothes give you *a lift*.
　　✗　漂亮的衣服給你**一部升降機似的**。

譯者顯然沒有留意到原文使用比喻說法，意思是：

　　✔　衣著光鮮令人精神振奮。
　　✔　衣服漂亮，人也會感到**飄飄然**。
　　✔　穿上漂亮的衣服，心境也開朗起來。

▶ Catch me doing it.
　　✗　我正在做著那個的時候，你抓住我吧。

原文的意思是：

　　✔　誰要做那樣的事！
　　✔　我絕對做不出這種事！

▶ It is a long lane that has no turning.
　　✗　這是一條不轉彎的長長的小道。

其實應該譯為：

- ✔ 總會否極泰來。
- ✔ 世上沒有一條不轉彎的路。

▶ I could not recollect his name to save my life.
- ✘ 為救我的命，我無法想起他的名字。
- ✔ 無論怎樣我也想不出他的名字來。
- ✔ 要我的命也想不出他叫什麼名字。

這類修辭多見於文學作品，日常語言也會使用，例如演講、書信、新聞報導。有時連科技文章，偶爾也會用比喻，譯者不察就會出錯：

▶ We shall look at two compounds, salt, and sulfuric acid, ***work horses of the chemical industry***.
- ✘ 我們將討論鹽和硫酸這兩種化合物——**化工中的兩種工作馬匹**。
- ✔ 我們將討論鹽和硫酸這兩種化合物——**化工中的兩大支柱**。

▶ Alloys belong to a half-way house between mixture and compounds.
- ✘ 合金是介於混合物和化合物的半途站。
- ✔ 合金是介於混合物和化合物的中間結構。
- ✔ 合金是介於混合物和化合物的中間物質。

> Han will become a party member *over my dead body*.
> ✗ 韓將會踏過我的屍體變成黨員。

Over my dead body 是習語，不能照字面直譯，這句話的本意為：

> ✔ **我有生之日**，韓都不會獲准入黨。

> It was *brought home to me* that dad really cares about us.
> ✗ 我把父親真的在關心我們的消息**帶回家裡**。

原文開頭使用了習語，正確的意思該是：

> ✔ **我深深知道**父親的確關心我們。

5 囿於原文語法形式

許多譯文雖大致能傳達原文意思，可是讀起來太累贅，或是不夠自然，導致這種情形的原因可能是：

- ◆ 譯者事先準備做得不足，未有好好理解原文
- ◆ 譯者對譯入語掌握有限，以至於無法清楚流暢表達
- ◆ 誤以為照原文表達形式，甚至保留詞序句法才算忠實

我們可由以下的譯例獲得啟發：

▶ My husband *has an alcoholic problem*.
　✗　我先生有**一個酒精的問題**。
　✓　我先生**酗酒**。

▶ I can see that the two are *romantically attached*.
　✗　我看得上他倆**浪漫地依附起來**。

說明　這樣的譯法並不清楚明確，其實 romantically attached 中文的講法是「相戀」、「正在談戀愛」、「墜入愛河」。

▶ Every president leaves the White House poorer than he was when he went in.
　✗　每一位總統離開白宮時都比進來時貧窮。

大多數美國總統卸任時一點也稱不上「貧窮」，這句話原意是：

　✓　美國總統卸任，家產總不及初就職時那麼多。
　✓　每位美國總統離開白宮之日，家產都比上任時少。

▶ Expert help is on the way.
　✗　專家援助在路上。

如此逐字翻譯不算稱職，中文的說法是：

　✓　已有專業人員趕過來協助。

✔ 專家已動身前來。

▶ If an injured person bleeds from the ear, he may be suffering from a severe internal injury to the head.
　　✗ 若一個傷者由耳部流血,可能是受了嚴重的頭部內部創傷。

保留原文的句式並無好處,只會讓讀者讀來累贅,不妨譯為:

✔ 若傷者耳朵出血,即可能是頭部嚴重內傷。

▶ This creature defies classification.
　　✗ 這個東西抗拒分類。

比較道地自然的說法是:

✔ 這東西實在很難分類。
✔ 這種生物令人無從分類。

▶ I am flattered and impressed.
　　✗ 我是被奉承和被留下印象。

中文的說法一般是:

✔ 我受寵若驚、深為感動。
✔ 你們太抬舉我了,我會銘記在心。

▶ And here comes ***the composer and conductor***.
✗ 現在**作曲家與指揮**出場。

由 comes 一字可知，出場者只有一人，「作曲家與指揮」會誤導讀者以為是兩人，應為「指揮兼作曲家」。

6 譯文措詞不當

大多數詞語都有情緒意義，即使指涉同一樣東西不同文化往往有不同的觀感評價。例如「龍」在東方文化象徵祥瑞與尊貴，"dragon" 在西方文化裡則有邪惡與可怕的聯想。這些文化的不對應往往令譯者鞭長莫及，但只要譯者保持敏銳，處處留神，就可以避免出錯。

▶ Your son is an ***ambitious*** young chap.
✗ 令郎是個**野心大**的小伙子。

說明 英語 ambitious 可褒可貶，但漢語「野心」一詞則含貶義，所以若是稱讚的說法，宜說「有抱負」、「雄心勃勃」、「胸懷大志」。

▶ The Rev. Smith is ***out of employment*** right now.
✗ 史密斯牧師目前**失業**。

說明 對於受人尊崇的人士,使用「失業」一詞不太妥適,以「賦閒在家」為宜。

▶ Two more test-tube babies were born in this hospital recently.
✗ 最近有兩**位**試管嬰兒在本院出生。

說明 「位」是尊稱,應為「兩個嬰兒」或「兩名嬰兒」。同樣道理,「多名議員」、「一名大學校長」也不敬,應改為「位」。

▶ An experienced ***bureaucrat*** will have no problem untying this knot.
✗ 有經驗的**官僚主義者**應能毫不費勁解開這個死結。

說明 Bureaucracy 既指「官僚主義」,也指科層治事方式,前者有貶義,後者沒有。這句話不妨譯為「有經驗的官員……」。

▶ My military career ***had been inglorious***.
✗ 我的軍旅事業**是不光榮的**。

說明 作者非真指自己曾犯下大錯,而是自謙之詞,可譯為:

✔ 我的軍旅生涯不足稱道。
✔ 我從軍大半生,沒什麼豐功偉業。

7 粗心大意

翻譯出錯的原因與交通事故一樣，很多時候是疏忽所致。粗心大意是專業翻譯的大忌，如果同一篇譯文頻繁出現明顯由於疏忽導致的錯誤，就表示譯者不夠認真，欠缺專業精神。

▶ In my young and more ***vulnerable*** days, my father gave me some advice.

✗ 在我年輕**而更受敬重的**日子，我的父親給我建議。

說明 譯者把 vulnerable 誤讀為 venerable，應該是：

✓ 我那時年紀輕，易**受傷害**，父親給了我建議。

▶ You need a ***personnel*** manager.

✗ 你需要一個**私人**經理。

說明 譯者混淆了 personnel 和 personal，應為「人事經理」。

▶ This is a ***biannual*** conference.

✗ 這個是**兩年一次**的會議。

說明 Biannual 意思是 happening twice every year（一年兩次），biennial 是 happening once every two years（兩年一次），這兩個單字不僅看起來很像，念起來也很像。這句話應譯為：

✔ 這是一年兩次的會議。
✔ 這會議每年開兩次。

▶ I use the *concise* Oxford.
　✘ 我使用《簡編牛津詞典》。
　✔ 我使用《簡明牛津詞典》。

說明 *Concise Oxford English Dictionary* 的正式譯法是《簡明牛津詞典》，*Shorter Oxford* 才是《簡編》。

8 錯別字

錯別字是每個人或多或少都會犯的錯誤，如今大多數專業的文字都經過排版與校印，才交到讀者手上，錯字出現的機率大幅減少。即使如此，倘若碰上考試、面試等需手寫的場合，錯別字接二連三出現，勢必有損譯者的專業形象。此外，若經常寫出錯別字，打字也容易出錯。

常見的錯別字可分為幾類：

(1) 字形錯誤

✘ 素　　　✔ 素
✘ 崇　　　✔ 祟
✘ 癈　　　✔ 廢
✘ 場　　　✔ 場

(2) 同音字誤用：

✗ 辨論	✓ 辯論
✗ 班駁	✓ 斑駁
✗ 幅射	✓ 輻射
✗ 寒喧	✓ 寒暄
✗ 充份	✓ 充分
✗ 萎靡	✓ 委靡

(3) 形似字誤用：

✗ 病入膏盲	✓ 病入膏肓
✗ 剛復自用	✓ 剛愎自用
✗ 迴然不同	✓ 迥然不同
✗ 不落巢臼	✓ 不落窠臼
✗ 一見鐘情	✓ 一見鍾情
✗ 趨之若鶩	✓ 趨之若鶩

譯者應認識常見錯別字，平時碰上記錄起來，並於校對過程中落實檢查，提升譯文整體品質與專業度，減少後續編輯校對的負擔。

第 10 章
譯文的潤飾與審校

1 潤飾審校如何重要

事事追求完美，往往帶來痛苦。業餘譯者為了滿足自己的成就感，可以抱持完美主義的態度，然而專業翻譯工作通常不容追求完美，至少在資源有限時不容許。不惜成本、聲稱金錢不是問題的客戶，終究是可遇不可求。

翻譯時既不需要、也不應該以完美為標準，但是專業譯者仍應秉持一絲不苟的精神，務求在資源容許的範圍之內，將譯文千錘百鍊。倘若譯者未有精益求益的個性，更應該刻意培養嚴謹的工作態度，要求譯文達到專業水準，即使需要花不少時間多次校對，也甘之如飴。當然，若時間真的不容許，則另當別論。

即使身經百戰的譯壇高手，也不可能每次讀完原文，大筆一揮，篇篇譯文即盡善盡美。通常初稿完成時，譯者往往難以察覺問題所在，甚至自認為不錯；但隔一段時間，再冷靜耐心地閱讀，仔細比對原文，說不定發覺錯漏百出，或者行文風格毫不貼切。此時，若能保持耐心，不畏繁瑣、不怕煩悶，把有問題的部分反覆琢磨、推敲，往往能將平庸、甚至不合格的譯

文打磨成佳作。譯者於這階段所付出的時間精力，正是敬業樂業的表現，也唯有如此，才能不負「專業」之名。

譯文出錯幾乎是無法避免，即使功力深厚、經驗豐富的譯者，也可能因一時疏忽，翻出令人啼笑皆非的錯誤，不僅損害聲譽，甚至牽連他人。因此，每一位專業譯者，應時時刻刻保持警惕，於潤飾與審校階段傾注全力，即使偶有疏失，雖然無法推卸責任，但也問心無愧了。

2 潤飾與審校的方法

潤飾與審校是確保譯文品質的必要環節。譯文在完稿之前，需經過以下三大關卡：

- ◆ 校對修訂：確保譯文中無出現錯字、誤譯或語法問題
- ◆ 潤飾琢磨：改善行文風格與用詞，使譯文更流暢自然
- ◆ 審閱批評：請專家審閱確保譯文品質，並依建議改進

(1) 校對修訂

譯者有責任細心檢查譯出來的初稿，避免因疏忽而出錯。如果時間容許，譯文初稿完成後，應隔段日子再校對，成效會好得多。

最理想的校對方法，是譯者先用較高速度，從頭到尾

讀過一遍，應會發覺有些地方不易理解、行文不順，或是邏輯不通之處，先一一記下。再拿出原文，以冷靜且客觀態度，逐字逐句比較譯文，找出所有行文不貼切、不合適或不清楚的地方，一併修正，改好後反覆比較原文與譯文，於各層面的意義與效果是否相當。

於校對的階段，通常需特別留意以下幾點：

◆ 在翻譯過程中未盡滿意，留作日後推敲的詞彙或語句，要作最後審訂。

◆ 比對原文，確保譯文完整，修訂內容正確，沒有漏譯詞句或重複貼上。

◆ 反覆檢查譯文中每一個數字，確保沒有譯錯抄錯。

◆ 檢查詞彙的譯法是否一致，若在翻譯後期改變譯法，必須整篇譯文搜尋並修訂，同時確認最終譯法正確無誤。

(2) 潤飾琢磨

潤飾同樣也是譯者的任務，但不如校對工作那麼機械化且理性，反而著重直覺與語言美感。譯者在再三研讀譯文稿的時候，應思考哪些詞彙和語句，可以用更有效的、符合原文風格的方式來表達，擺脫原文表達方式不必要的束縛，寫出更合適的文字。

若想確定譯文是否改得更通順，可高聲朗誦譯文，因

為這樣可以「聽」到譯文的溝通效果，突顯出行文不流暢，或意思不夠清楚的地方。譯文若會用於台上朗誦，例如演講詞或戲劇對白，更要再三誦讀，感受聲響效果，並依此推敲修改。

(3) 審閱批評

未經過「第三方認證」審閱的譯文，即使譯者反覆校閱數次，仍難令人完全放心。譯者容易對自己的作品產生感情，容易忽略其缺點及疏漏，應邀請專業人士審閱。因此，譯者應積極拓展人脈，並在時間及預算等資源許可之下，尋求他人協助。

協助審閱的人可以分為以下幾種：

Ⓐ 該領域的專家

如果原文是醫學文獻，應請醫學界人士審閱；若是翻譯戲劇腳本，則宜徵詢導演或演員的意見。這些專家不僅能幫助譯者準確理解原文所涉專業知識，也能確保譯文的風格與格式符合該領域習慣。

Ⓑ 譯入語顧問

譯入語顧問即對譯入語有深入研究的專家，例如語文教師或作家等，如果不懂原文更理想。他們負責確保譯文沒有「翻譯腔」，如同原創作品般自然，避免讀者看不懂、

唸得不舒服。比方說，香港的譯者英譯中時，最好請精通普通話的人士審閱，找出受廣東話表達方式影響的語句，並加以改正。關於如何擺脫翻譯腔，可見本書第 12 章。

Ⓒ 譯文目標讀者

譯文讀者是未來實際會使用譯文的人，譯者可邀請這些目標讀者試閱，例如翻譯教材，不妨請兩三位學生閱讀，請他們談談讀後的印象，指出有哪些地方難以理解；又如翻譯產品推廣文案，則可請目標市場的消費者閱讀，聽聽他們的讀後感，判斷譯文是否能有效傳達產品特色，並思考如何改善。完成上述程序，收集了各方意見後，譯者再從頭到尾修訂譯文。此過程需要耐性細心，否則譯文有些部分有改，有些卻忘記修改，會導致風格與詞彙不統一，甚至前後矛盾。

完成了這些修訂工作，就可以完稿。

第 11 章
翻譯的理論與參考書

1 翻譯理論的用處

　　翻譯如同耕種、作曲、烹飪，人類已從事了千百年，好像不一定需要理論。歷來在這些領域有卓越成就的人未必精通理論，也不是懂理論就能煮出佳餚、譜出佳音。那麼，為何從事翻譯，需要熟悉理論呢？

　　對於一般翻譯工作者來說，理論對實務往往幫助不大，甚至可說是派不上用場。但這不表示理論都是空談，可以置之不理。要知道，歷來名留青史的天才，往往不太仰賴外來啟發，便能自成一家、有所成就；當理論尚未發展成熟時，有人加以漠視，也不難理解。然而，如今若仍將理論與實踐對立，以為只需要懂其一，無須兩者兼通，甚至將理論視為高談大論、故弄玄虛，則是故步自封。

　　所謂理論，究竟是怎麼一回事？它其實就是歷來譯者累積的經驗心得，經過學術整理與反思，結合相關學科研究成果，以有系統的方式呈現。如今成熟的翻譯理論，可以幫助翻譯工作者：

- ◆ 認識翻譯工作的本質,藉以選擇翻譯的策略
- ◆ 掌握各種翻譯策略的原則、用法、特色與優缺點
- ◆ 判斷翻譯工作的品質,欣賞及批判譯文的好壞
- ◆ 提出可信的理由來支持自己所採取的翻譯策略
- ◆ 充分了解翻譯可能碰上的困難,有信心逐一面對

2 認識翻譯理論

翻譯是一門特別跨科際的學問,涉及語言學、人類學、社會學、傳播學、哲學、心理學、美學、修辭學、文學批評等學科。這是因為翻譯不僅僅是語言的轉換,還涉及文化背景、訊息傳遞等多層面的知識。

近半個世紀以來,不少中外學者針對翻譯提出許多不同的觀點、態度、方法與立場。然而,對初入行的譯者而言,若未對翻譯理論有基本的認識,往往難以掌握翻譯的核心原則。再加上翻譯受其所處社會與時代背景影響,理論家提出的主張亦未必能普遍適用。這也使得許多前代譯者對「翻譯理論」敬而遠之,認為對於自己的翻譯事業幫助不大。

自上世紀八〇年代開始,許多翻譯專著相繼問世,各學科也出版了許多實用的入門讀物,推動了翻譯理論及相關研究之興盛。也因此,如今的譯者除了能參考西方學者的理論,還能

參考許多中文翻譯研究及專著,汲取先賢智慧與經驗,有助在翻譯過程中少走許多彎路。

以下依照翻譯理論,分門別類介紹值得參考的翻譯研究專書,其中不乏上世紀八、九〇年代翻譯大家的經典著作,時至今日,這些書籍仍能為初學者提供寶貴的指引與啟發。

(1) 文學翻譯理論

文學翻譯理論將翻譯視為以「再創造」為主的過程,將翻譯視為一門藝術。譯者憑藉自己美學素養,與作品產生互動關係,從而產生出另一篇作品,旨在重現原著的神髓。由於這種態度強調翻譯過程的「主觀」特性——或是有些理論家提倡的「相互主觀」(inter-subjective)特性,譯者的感應能力與藝術表達能力尤為重要。

這些討論幾乎以文學作品為舉例,尤其集中分析古典文學、經典著作的翻譯,容易引起初學者誤會,以為只有翻譯文學才需要參考。其實語言的藝術表現於日常生活、於各類文體中或多或少存在,文學只不過是語言藝術運用之佼佼者。因此,文學翻譯理論是每一個翻譯工作者不宜忽略的知識寶庫。

關於文學翻譯理論的探討,可參考以下的專著:

周兆祥。《漢譯〈哈姆雷特〉研究》。香港：中文大學出版社，1982。

林以亮。《紅樓夢西遊記：細評紅樓夢新英譯》。台北：聯經，1976。

林以亮。《文學與翻譯》。台北：皇冠，1984。

許淵沖。《翻譯的藝術》。北京：中國對外翻譯出版公司，1984。

許淵沖。《文學翻譯談》。台北：書林，1998。

彭鏡禧。《摸象：文學翻譯評論集》。台北：書林，2009。

彭鏡禧。《文學翻譯自由談》。台北：書林，2016。

童元方。《譯心與譯藝：文學翻譯的究竟》。台北：書林，2012。

黃邦傑。《新編譯藝譚》。台北：書林，2006。

劉宓慶。《翻譯美學導論》。台北：書林，1995。

劉靖之。《神似與形似》。台北：書林，1996。

錢鍾書。〈林紓的翻譯〉。《七綴集》。台北：書林，1990。

(2) 比較語法翻譯理論

　　比較語法翻譯理論將翻譯視為以語詞與句法轉換為核心的活動，並將翻譯視為一門科學。譯者憑藉對原文語與譯入語兩者異同的理解，依循譯入語語法規則，選擇最合適的對等語句。

這一類的著作有助於譯者深入了解兩種語法（特別是外語）各方面的特色，並根據詞性（名詞、動詞、助詞等），和語法重點（語態、時態等），作兩種語言的語法習慣對比，讓譯者在「純語法」的層面——即拋開了語境、上下文、文體等考慮因素，掌握翻譯的技巧。

關於比較語法翻譯理論的研究，可參考以下的著作：

思果。《翻譯研究》（新版）。台北：大地，2003。

思果。《翻譯新究》（新版）。台北：大地，2001。

陳定安。《英漢比較與翻譯》。香港：商務，1985；台北：書林，1997。

陳定安。《英漢句型對比與翻譯：英漢句子互譯比較》。台北：書林，2010。

葉子南。《英漢翻譯理論與實踐》。台北：書林，2013。

(3) 文化翻譯理論

文化翻譯理論強調翻譯不單是語言轉換，更是文化轉換。語言作為文化的一部分，不僅反映文化，也承載著文化，因此在翻譯過程中，譯者不僅要傳達出各詞各句的「語言意義」（linguistic meaning），更要傳達出「文化意義」。

例如，中文會用「河東獅吼」形容女子性格凶悍，若譯為 "a lioness on the east bank of the river"，雖然字面意思

得以保留，但其真正意思卻未能傳達。從某些角度來看，這樣的翻譯幾乎等於未翻譯。遇到這些問題時，譯者應如何理解，又該如何尋找解決方法？這正是文化翻譯理論所關注與探討的核心問題。

關於文化翻譯理論的探討，可參考以下的著作：

李根芳。《全球在地化的文化翻譯》。台北：書林，2016。
張錦忠主編。《翻譯研究十二講》。台北：書林，2020。
單德興。《翻譯與脈絡》。台北：書林，2009。
單德興。《翻譯與評介》。台北：書林，2016。

(4) 溝通翻譯理論

溝通翻譯理論將語言視作人類傳意溝通（communicating）的工具，是溝通過程的一部分，於是將翻譯看成重現另一次「溝通事件」的工作。從這一角度來看：

- ◆ 詞語與語句是語篇（text）的一部分
- ◆ 語篇是所傳達的訊息的一部分
  其他部分有輔助語言的訊息（para-linguistic messages，例如語氣聲調）和非語言的訊息（non-linguistic messages，例如身體語言）
- ◆ 傳送的訊息是溝通事件的一部分
  其他部分如當時情景、參與者背景等

因此在翻譯時，譯者不但要著眼個別語詞及語句的轉換，思考這一句該怎樣譯，還要考慮到整個語篇（上下文等），更要顧及種種語用因素，最終產出另一篇文字（譯文），來促成另一次恰當的溝通。

這些理論涉及語篇語言學（text linguistics）、言談分析（discourse analysis）、文體學（stylistics）、語意學（semantics）、社會語言學（sociolinguistics）、心理語言學（psycholinguistics）、語用學（pragmatics）、符號學（semiotics）等學科的研究，有助於幫助讀者深入了解翻譯問題的核心。

關於溝通翻譯理論的研究，可參考以下的著作：

Anthony Pym 著、賴慈芸譯。《探索翻譯理論》（*Exploring Translation Theories*）。台北：書林，2016。

史宗玲。《翻譯科技發展與應用》。台北：書林，2020。

周兆祥、周愛華。《翻譯面面觀》。香港：文藝書屋，1984。

金隄。《等效翻譯探索（增訂版）》。台北：書林，1998。

胡功澤。《翻譯理論之演變與發展——建立溝通的翻譯觀》。台北：書林，1994。

陳定安。《科技英語與翻譯》。台北：書林，2021。

單德興。《翻譯與傳播》。台北：書林，2025。

葉子南。《認知隱喻與翻譯實用教程》。台北：書林，2014。

劉宓慶。《文體與翻譯》。台北：書林，1997。

劉宓慶。《翻譯與語言哲學》。台北：書林，2000。

譚載喜。《新編奈達論翻譯》。北京：中國對外翻譯出版公司，1999。

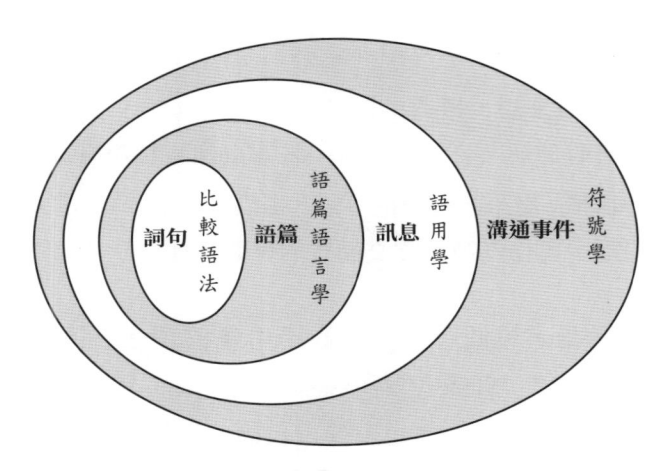

圖 11-1 翻譯時考慮的四個層面

第12章
翻譯腔與文字污染

1 擺脫原文干擾

(1) 普遍的病情

　　一般來說，優秀的譯文應當語句通順、自然流暢，既易於吸收理解、又清楚簡潔。若要以理論具體形容譯文應達成的目標，歷來論翻譯的專家，提出過「順」、「達」、「化」等原則，可作為衡量譯文品質的重要依據。

　　可是，這個看似絕非高不可攀的理想，卻往往成為讀者的奢望：許多人對讀譯本不感興趣，非因譯本無法正確傳達原文含意，而是主要由於譯文擺脫不掉「翻譯腔」（translationese），不但一看便知為翻譯文字，還讀起來吃力、乏味、不中不西，譬如以下這一段：

▶ 歐洲共市的華而不實的環境專員卡路偉巴戴梅拿於這個星期的簡短英國探訪中提倡他個人對綠化歐洲城市的看法。在倫敦及格拉斯哥的會議席上，他為了那份主要是鼓勵歐洲十二個會員國重整市中心及削減全球污染的歐洲議會對市區環境的綠皮書解釋。

卡路偉巴戴梅拿在由內倫敦社團所組織的觀察倫敦的會議席上發言，謂在倫敦居住的人和其他二十五千萬居住在市鎮及城市的歐洲居民一樣面對同一的困難。

(2) 漢語生態污染

不僅是外文中譯的翻譯腔會引起讀者反感，如今的中文創作，甚至日常談話，居然也受到英語句構影響，「不中不西」的現象愈發普遍。有人把這種現象歸咎為劣譯之遺害，造成漢語「生態污染」，使得中文越來越偏離原貌。以下摘自多年前香港中學生撰寫的報告，不難看出其中常見的中文語病：

▶ 英語是在職業上有一定重要性，因為英語在國際貿易上及作為世界性語言的普遍日漸正在提高。青年們都是富有上進心，而英語是對這一個目標有著非常大的重要性，因此對進修英文以得到較高學歷的這種需要就得以形成。

這也難怪，因為大家天天碰到的，滿是不中不西的「中文」：

▶ 安徒生出生在一個窮苦鞋匠的家庭裡。他在童年時代，生活過得十分困苦。長大以後，他想到這個世界上，像他童年時候那樣可憐的孩子，一定很多很多。因此，他決心要編寫一些童話故事，去安慰、鼓勵和教育他們，使他們能夠得到快樂。

(3) 伏魔有法

　　翻譯家蔡思果曾比喻：「翻譯的人像廚子，該把腥臊污穢的魚肉蔬菜洗乾淨，弄出可口的食物來給人吃。歐化的中文最叫人不能下嚥，雖然天天吃不乾淨，難下嚥的菜，吃多了也不覺得了，並不是不可能的。廚子總不能說：『你吃不慣嗎？菜總是這樣做的，你吃多了就慣了。』他的職務和責任是把生的原料洗乾淨，調好味，煮得恰到火候。」

　　這個比喻生動有趣，突顯如今不少英譯中的文字「半生不熟」的處理毛病，不過有一點值得補充說明：譯文唸得吃力又不悅的成分，在原語中本身並不壞，它們是來到了另一種語言才變成「腥臊污穢」，原文在原文語裡是毫無問題的。黃國彬另以「驅魔」來比喻，說明翻譯時應避免原文與譯入語的習慣干擾：

　　「初事翻譯的人，大都法術不高，一觸英語，就會著魔，開口就說鬼話，不說人話。到他修行日久，才有功力可以伏魔。……所驅的魔，是英語中某些表達方式。如果譯者要把漢語譯成英語，情況又完全不同了。這時候，魔鬼和天使會馬上易位；中國人某些思維習慣、某些表達方式會搖身一變，成為譯者要驅逐的對象。」

　　如果譯者明白所謂的「惡性歐化」和「翻譯腔」成因，就能知道如何避免，加以改進。其實這種毛病的根源大概來自幾方面：

Ⓐ 對翻譯工作的誤解

　　誤以為盡可能保留原文的表達方式，才算忠於原文，因而不敢更動詞序、意象、習語譯法，誤以為原文的詞類在譯文裡也得一致，即以名詞譯名詞、介詞譯介詞等。

Ⓑ 對語言現象的誤解

　　誤以為所有語言都有同樣類別的詞類（名詞、冠詞、感嘆詞等）和語法規律（時態、眾數、結構模式等），試圖在譯入語裡追尋形式上的對等。

Ⓒ 疏於理解原文含意

　　不肯用心消化原文的含意，未再三努力思考原文意思要如何用譯入語表達才最自然。

Ⓓ 譯入語基礎薄弱

　　譯者不僅要精通原文，若對譯入語掌握不足，就無法以道地易明的文字，表達原文的意思，只好依字面翻譯，使得譯文既不傳神貼切，還可能襲用惡性歐化說法。

Ⓔ 追隨流行譯法

　　這樣的情形尤其在上個世代的譯文中尤為常見，當時有些譯者認為譯入語傳統的講法不合時宜，以為採用流行的歐化語氣才算趕上潮流。

(4) 翻譯腔之害

譯文既是將內容自原文轉換成譯入語，那為什麼譯出翻譯腔就不好？翻譯腔又是如何危害譯文的品質？我們可以分三方面理解：

Ⓐ 繁瑣生硬

惡性歐化的語法，是將外文的表達方式生吞活剝，結果違反了優質中文的常態，包括措詞簡潔、語法對稱、句式靈活、聲調鏗鏘等，例如中文的「因此」，現在不少人卻愛說「基於這個原因」；本來說「問題很多」，大家卻開始習慣說「有很多問題存在」；「下架」說成「進行一個下架的動作」。

這種受到「污染」的用法愈發普遍：

✗ 作為一個兒子應該好好地對待他的父親和母親。

✔ 兒子應該孝順父母。

✗ 委員戴亞茲可能去檀香山調查馬可仕和他的八十八個隨行人員在二月二十五日逃離菲律賓時帶走的一箱箱價值數以百萬美元計的錢和金條。

✔ 馬可仕與八十八個隨員二月二十五日逃離菲律賓時，帶走了一箱箱錢幣金條，價值數以百萬美元計。戴亞茲委員可能去檀香山調查此事。

✗ 很多人都在擔心現代藥物、酒和煙草的被濫用或對性縱慾。可是當你有一個快樂的家庭生活時，你便不會再去強調它們的嚴重性，無需從酒和香煙方面尋找刺激和享受了。

✓ 很多人都擔心現代人濫用藥物煙酒及縱慾，但是其實家庭生活美滿的人，都不會追求這方面的滿足。

簡約、溝通、精鍊都是修辭的理想境界，許多時下流行的中文表達方式，大有改善之餘地，例如：

流行說法	建議改為
進入了睡眠的狀態	睡著了
作了一個九十度的轉變	轉了九十度
機器發生了損壞	機器壞了
提出了一個假設	假定
在老鼠身上進行過實驗	拿老鼠做實驗
接受手術	動手術
接受了一次健康檢查	檢查身體
作為子女的父母親	為人父母
基於保密的理由	為了保密
我曾經試圖去說服他	我試著說服他
讀者給他帶來了無窮的樂趣	讀者讓他很高興
她又再度哭了一次	她又哭了
在雙方之間進行調解	調解

Ⓑ 意義晦澀

除了浪費筆墨和讀者的時間精神外，惡性歐化的文字有時還會引起誤會，或令讀者不知所云，得到錯誤的印象。

✗ 戴卓爾夫人拒絕改變她的經濟策略，並且預言英國問題的解決已經在展開。

上句譯文依照漢語的意思，是戴卓爾夫人拒絕改變另一位女士的經濟策略，事實上原文意思是她自己的經濟策略，用漢語表達時省掉「她的」，不但簡潔清楚，意思也正確。建議改為：

✔ 戴卓爾夫人拒絕改變經濟策略，並預言英國的經濟問題開始得到解決。

✗ 不可站於梯級及阻礙梯口。

原譯的指令並不明確，可以理解為在梯級站立會妨礙其他乘客上車下車，也可以理解為站於梯級沒有問題、堵塞梯口沒有問題，只是不准同時做出這兩件事。建議改為：

✔ 請勿逗留台階，阻礙樓梯通行。

Ⓒ 僵化軟弱

惡性歐化的漢語修辭有一個趨勢，就是如同套公式般，反覆使用漢語本來沒有或罕用的句式詞彙，導致行文蒼白

無力、了無生機,以下舉出幾個最常見的例子:

流行說法	建議改為
成功地	
他成功地說服了父母	他說服了父母
她成功地達成了目標	她達成目標
進行	
我們正在進行調查研究	我們在調查研究
對她進行了勸告	勸過她
在老鼠身上進行過實驗	拿老鼠做過實驗
對……問題已經進行了詳細的研究	已詳加研究過問題
進行訓練工作人員	訓練員工
進行改革的計劃	推動改革
作出	
他對此作出了回應	他回應此事
觀眾作出了熱烈的反應	觀眾反應熱烈
公司對問題作出處理	公司已處理該問題
對社會作出重大的貢獻	對社會貢獻很大
作了	
作了一次私下談話	私下和他談了一次
作了強烈的回應	轉了九十度的彎
作了強烈的回應	強烈回應
作了重大的改革	大事改革
從事	
從事一次航行	航行
從事種種預防措施	採取種種預防步驟
從事犯法行為	做犯法的事

提供	
提供更大的震撼性	令人更感震驚
向大眾提供娛樂	娛樂大眾

2 認識英漢語法差異

譯者生吞活剝原文，寫出不中不西的漢語，有人是態度觀念有問題，誤以為這樣做才算忠於原文，更主要的原因往往是中文寫作根基差，不熟悉漢語語法規律。

了解原文與譯入語語法習慣的異同，知道哪些地方不對應，依譯入語表達習慣修改，大部分的翻譯腔都可避免。英漢語法比較是一門複雜的學問，以下就英漢翻譯最常出現的一些問題討論。[1]

(1) 代名詞

英語漢語使用代名詞的方式有異：

▶ Mary started typing as soon as *she* came in.
✗ 瑪麗一進來**她**就打字。

說明 原文的 she 指瑪麗，中文的「她」易使讀者誤為另一人，習慣的說法是「瑪麗一進來就打字」，「她」一詞宜省掉。

▶ He found *his* watch.
　✗　他找到了**他的**手錶。

說明　譯文會令人誤會是另一個人的手錶（也可能是，視上下文而定），若是他自己的，中文習慣說：

　✔　他找到了**自己的**手錶。
　✔　他找到了**自己**那隻手錶。

▶ *You, he and I* have won a prize each.
　✗　你，他和我各得第一名。

說明　兩種語文第一、二、三人稱排列次序不同，中文通常說：

　✔　**我你他**各得一獎。

(2) 連接詞

英文使用連詞，一般比中文多樣化：

▶ The car runs smoothly *and* quietly.
　✗　汽車走得平順**和**安靜。

中文比較道地的講法是：

　✔　汽車跑起來既**平順**又**安靜**。

許多英文連接詞在中譯時都宜省略不譯，例如：

▶ The weather is cool *and* dry.
　✗　天氣清涼**和**乾爽。
　✔　天氣清涼乾爽。

▶ There were trees *and* trees.
　✗　那兒有樹木**和**樹木。

這樣字譯意思並不清楚，其實中文的說法可以是：

　✔　該處有**很多很多**樹木。
　✔　那地方**長滿**樹木。

▶ John came in and closed the door.
　✗　約翰進來**和**關上門。

原文的 and 是用來交代次序，中文的說法是：

　✔　約翰進來，把門關上。
　✔　約翰進來，**然後**關上門。

▶ This document is null *and* void.
　✗　這份文件是無效**且**無用的。
　✔　這份文件無效。

▶ I will find some ways *and* means to convince him.

- ✘ 我會找一些途徑**和**辦法去說服他。
- ✔ 我會找辦法說服他。

說明 上述兩個例子中的 and 連接兩個同義詞，是為加強語氣，中文講「無效」、「辦法」已經夠了。

(3) 冠詞

中英文使用冠詞也不完全一樣：

▶ My daughter is *a* student.
   ✘ 我的女兒是一**個**學生。

比較道地的中文表達方式是：

- ✔ 我女兒是學生。
- ✔ 小女在學校就讀。

▶ *A* wounded man is *a* dangerous man.
   ✘ 一**個**受了傷的男人是一**個**危險的男人。

正如上面那個例子一樣，中文使用冠詞比較簡潔，我們說：

- ✔ 受了創傷的男人至為危險。
- ✔ 男人受創時往往變得很兇。

(4) 不定詞

中英文使用不定詞也不一樣：

▶ I didn't buy *any* meat.
✗ 我沒有買**任何**肉。

中文的習慣是：

✔ 我沒有買肉。

(5) 介系詞

中英文使用介系詞也不太一樣：

▶ *In* the same year, there was another flood.
✗ **在**同一年，又有另一次水災。

中文的習慣是：

✔ **同年**又發生另一次水災。

▶ *Under* such circumstances, I could do nothing.
✗ 在這種情形*之下*，我沒有辦法。
✔ **碰上**這種情況，我無能為力。

(6) 詞態

中英文使用詞態用詞也不完全一樣：

▶ John *will* graduate next year.
　✗　約翰**將**會在明年畢業。

說明　約翰明年才畢業，本句已表明是未來發生的事情，中文無須使用顯示未來的輔助詞語（「將會」），只需說：

　✔　約翰明年畢業。
　✔　明年約翰就畢業了。

▶ These mistakes *will* not be repeated.
　✗　這些錯誤**將**不會被重複。

說明　原文的 will 主要不是指時間，而是表示決心，所以相當的中文說法大概是：

　✔　**保證**不會再犯這類的錯。
　✔　我們一**定**不會再犯這樣的錯。

(7) 複數

中英文使用複數也不完全一樣：

▶ All the *students* in the class stood up.
　✗　全班**同學們**站了起來。

說明　「全班同學」不只一個，中文凡是已具有複數含意，就無須再加上表示複數的助詞，因此「們」字可略去。

(8) 語態

中英文的語態使用也不完全一樣：

▶ The door was *closed*.
  ✗　門**被**關上了。

中文的習慣是只需說：

✔　門關上了。

許多情況英文使用被動式，中文往往使用主動式：

▶ The incident was *reported* to the supervisor.
  ✗　那起事件**被**報告給主任。
  ✔　有人向主任報告該事件。

▶ The criminals were *sentenced* and *executed*.
  ✗　犯人都已**被**判罪及**被**處決。
  ✔　犯人都已判罪處決。

參考文獻

1　關於英漢語法的對比，可參閱陳定安，《英漢句型對比與翻譯：英漢句子互譯比較》（台北：書林，2010）。

第 13 章
翻譯與標點

1 譯者對標點符號應有的認識

標點符號是書面語中相當重要的成分,一般人往往忽略標點符號的作用,譯者應認識標點符號的角色與用法,並能妥善運用。[1]

從事翻譯工作,應要清楚標點符號的使用原則:

- ◆ 標點符號使用既循客觀規則,亦受主觀喜好影響
- ◆ 標點符號可分「規範式」(formal)與「修辭式」(stylistic)兩類
- ◆ 每種語言皆有其使用規則與習慣,切勿混用
- ◆ 同一語言與社會標點符號使用的規則與習慣並非完全一致

2 標點符號的使用時機

標點符號的運用,不僅有助釐清句意脈絡,也能藉由「停頓」之長短營造不同的修辭效果。以下將從標點符號之「功能」與「修辭」兩大面向,探討標點符號於文字中的效用。

(1) 標點符號的功能

標點符號在書面語中所產生的語意，作用可大可小，有些決定整句話的意思，有些幾乎可有可無，作用相當輕微。關於中文「句逗」的影響，最為人熟知的例子莫過於：

▶ 下雨天，留客天，留我不留？
▶ 下雨天，留客天，留我不？留！
▶ 下雨天留客，天留我不留。

這三句話用同樣的十個字，不同的標點符號，表達出不同的意思。英文也不時有這種情況：

▶ I didn't love John, because he is so smart.
▶ I didn't love John because he is so smart.

上例多了一個逗號，意思幾乎完全相反。若翻成中文，這兩句大致可譯為：

▶ 我不愛約翰，他這個人挺聰明。
▶ 我愛約翰非因他這麼聰明。

前一句表示說話者不愛約翰，原因正是他太聰明了──這可能因為對聰明人沒有好感，或擔心愛上太聰明的人沒有好結果。Smart 意思可褒可貶，既可以指機智聰明，也可能有狡猾含意。後者指出愛上約翰並非因為他聰明，而是其他原因。

又如以下兩句話，每個字都一樣，但僅僅多了兩個逗號意思完全不同：

- John says his wife is mad.
- John, says his wife, is mad.

譯出來大概是：

- 約翰說太太瘋了。
- 約翰的太太說他瘋了。

這類能影響全句含意的標點符號，作者沒有選擇的餘地，只有依照規則使用，譯者也一樣，否則會引起誤會。在有些文體，例如法律文獻和詩，這類標點往往是意義的關鍵。

(2) 規範與修飾用法

標點符號除了用來顯示語句間的邏輯關係外，還具有輔助修辭的作用。若前者屬於「科學」，有明確的規範可循，那麼後者則屬於「藝術」，依賴語感來掌握。

標點符號如何創造語言效果，最明顯的例子便是逗號、分號與頓號的使用。以下以思果曾舉過的例子，分析這些符號各自的效果：

> (a) 他的意思是：叫你不要去。
> (b) 他的意思是，叫你不要去。
> (c) 他的意思，是叫你不要去。
> (d) 他的意思是叫你不要去。

(a) 表示講者重視此事，鄭重勸告對方。

(b) 與 (c) 比較像一般敘述，傳達第三者的意見，差別在於 (b) 較強調「叫你……」；(c) 較強調「他的意思」。

(d) 表示講者一口氣講了那句話，可能是講者性急，心直口快，但也可能是慢條斯理地講，中間未曾停頓。

就標點符號停頓的時間長短，大概可用以下樂譜符號表示：

中文	英文	停頓	符號
。	.	相當於 4 拍	𝅝
：	:	相當於 2 拍	𝅗𝅥
；	;	相當於 1 拍	♩
，	,	相當於 1/2 拍	♪
、	無	相當於 1/4 拍	♪

不過，標點符號仍是有正式用法，例如上述提到的符號，其標準用法應如下：

。	表示陳述句完了之後的停頓。
：	表示提示下文，或總結上文。
；	表示句子裡比較大的停頓，用在結構上關聯或者意義上並列的分句之間。
，	表示句子裡一般性的停頓，用在說話需要換一口氣的地方，或者結構上需要停頓的地方。
、	表示句子裡較小的停頓，一般用在並列的詞語之間，或表示序次語之後的停頓。

此外，夾注號的選用也會帶來不同的效果。一般來說，甲式夾注號（）內的文字多是用於補充前文，停頓較短；而乙式夾注號──，則插入的內容與前後文連貫語氣與內容，停頓較長。

▶ 他放兩粒方糖進馬的口裡（馬都是愛甜食的），那傢伙就乖乖開步。

▶ 他放兩粒方糖進馬的口裡──馬都是愛甜食的──那傢伙就乖乖開步。

(3) 注意兩種語文有差異

有些修辭專家認為，從英語修辭的角度來看，「段」是內心讀的單位、「句」是眼看的單位，「子句」是唸出來的單位，這是三種不同的語言層次，值得中譯英時參考。

英語與漢語句法上的一大差異在於：英語的「句」（sentence）是個語法單位，漢語的「句」卻是意義單位。英語使用「句號」（period）表示一個語法單位到此為止，只要有主詞、動詞的完整句子，就需要使用句號，下文是另一個語法單位，雖然幾「句」話的意思連貫，仍舊分開為幾「句」話。漢語習慣卻不同，要等到整個「意思」告一段落，才用句號（。）表示結束，例如：

▶ The door opened. He walked in. We laughed.
➥ 門開了。他走進來。我們大笑。
➥ 門開了，他走進來，我們大笑。

上例描述連續發生的事件，可以視為同一個意義單位，所以第二種譯文寫法更自然，符合漢語按意義單位斷句的習慣。

然而，有些譯者不論語意是否完整，凡是 comma 就寫逗號，凡是 semi-colon 就寫分號，以為這樣才夠忠實，是很有問題的。

另一個例子是省略號，中文的省略號有六圓點，佔兩個全形字格（……），英語有三點（...），加上句號變成四點，通常表示下文省略：

「她閉上了眼，默默數著：一、二、三、四……。」

或是表示話語未說完,停了下來,或是說話斷斷續續:

「她摟著十年未見過面的丈夫,哭了起來:
哇!⋯⋯。』」

值得注意的是,省略號在英語通常表示語句的省略,法語多用於語句未完成或沒講下去,漢語則兩種都有。

(4) 使用習慣並不統一

即使同個語言、同個社會、同個階層及文體之內,標點符號的使用往往有差異。以英文書信為例,開頭稱謂就有以下兩種寫法:

▶ Dear John,
▶ Dear John:

同是英語,英式與美式用法於標點使用也有分別,例如:

▶ 'This is a classic example of "You are what you eat"', I said.
▶ "This is a classic example of 'You are what you eat,'" I said.

二者分別有三處:英式用單引號,美式用雙引號;引號裡再用引號則相反:英式為" ",美式為' ';英式的

逗號和句號在末句括號之外（',)美式在其內（,"）。

(5) 譯者的策略

既然標點符號往往受到語言習慣、當地規則，乃至個人風格的影響，譯者該採怎樣的立場？不妨參考以下原則：

Ⓐ **尊重客戶的意見與傳統**

配合客戶的喜好或規定，尤其是該機構一貫的使用習慣。

Ⓑ **遷就譯文使用者的習慣**

根據讀者的需求和喜好來調整，例如受眾為美國讀者，就應採用美式標點符號。

Ⓒ **實踐譯者自己的信念**

在尊重客戶與讀者需求之外，譯者還可以按照個人習慣與專業判斷，使用標點符號。不過，這必須建立在對中英文標點已有充分認識。關於中英文標點符號的用法比較，可參附錄 2。

參考文獻

1 關於英語標點符號的使用，可參考《MLA 論文寫作手冊》（*MLA Handbook*）（台北：書林，2021）第 2 章。

第 14 章
翻譯與注釋

1 譯者對注釋的認識

撰寫注釋是翻譯工作的一部分,有些翻譯工作無須寫注釋,例如廣告文字、新聞報導;有些則可能要寫很多,例如文學作品。注釋的使用時機與形式並無統一規範,譯者要憑經驗與專業判斷決定:用不用、用多少、怎樣寫。

2 原文的注釋

在討論注釋時機與形式之前,應先分清楚原文提供的注釋和譯者補上的注釋。原文注釋是作者為原文讀者而寫,用以解釋論點、補充背景資訊,或延伸介紹相關著作,有助讀者深入研究相關議題。這類原文注釋是否需全部翻譯,需考慮眾多因素,包括注釋性質、讀者需求、客戶意願等。例如原文注釋中若有大量資料是譯文讀者無須知道,甚至可能引起混淆,譯者可斟酌刪除。

有些注釋在原文相當重要,用以引述資料出處,證明論點

有根據，這類注釋應予悉數保留。原文注釋引述的書名及篇名，究竟要不要翻譯呢？譯者通常採取以下處理方式：

- 照字面譯出，或用約定俗成的譯名：
  《寂靜的春天》，第 2 章。
- 不譯譯名，只列出原文：
  The Silent Spring，第 2 章。
- 譯出譯名，並列出原文：
  《寂靜的春天》（*The Silent Spring*），第 2 章。

此外，通常出版地和出版社名稱都不譯，而是照抄，如 New York、W. W. Norton。譯文若同時有譯者注與原文注，應在譯文中明確標示，避免讀者混淆。

3 注釋的形式

譯者所寫的注釋，可用以下方式呈現：

(1) 夾注

夾注的內容通常較簡短，直接插入正文之中，以夾注號與內文區隔，例如：

▶ 養活中國的一、二億人口（原文此句似有誤，應為十二億——譯者注）。

▶ 該次會議成果之一，乃是成立了聯合國教育、科學及文化組織（即 UNESCO，下稱「教科文組織」）。

(2) 腳注

腳注的用法是在譯文中要加注之處的右上角加上縮小的阿拉伯數字，採連續編號，一般放在標點符號之前。腳注內容放在同一頁之底部，以橫線與正文隔開，注文前寫出相應的號碼。如果是在一個圖表中加注，那麼注文不是放在頁底，而是放在該圖表之下。

(3) 集中注

集中注的形式與格式與腳注相同，每章之中注釋採連續編號，但注解的文字不是放在頁底，而是集中放在每一章之末，或者放到全書或正文之末。

究竟採用哪一種注釋方式，視編排需要及客戶需求而定。一般來說簡短重要的注釋宜採用夾注，篇幅較長但數量不多宜用腳注；注釋多且篇幅長採用集中注。

4 注釋的內容

那麼究竟應該在什麼情況下加注釋，又應加注什麼內容呢？一般而言符合以下幾點，凡是譯者認為能幫助讀者理解，又合適在該處加注釋，都不妨考慮加注：

- 原文理解有困難，或是由於作者的表達方式難以於譯文中充分表達出來，需要多加解釋，讓讀者正確認識原文的意義。
- 原文出現專業的術語或涉及艱深的理論。
- 原文引用典故及引文，或歷史地理、風俗文物等特色，即譯文讀者一般不會察覺或理解的資訊。
- 原文資料有誤或錯字，譯者更正應讓譯文讀者知道。

5 取捨的原則

對於認真研究的人來說，注釋固然不可多得，但是大多數讀者都會既愛且恨，甚至覺得麻煩，所以注釋在翻譯工作中往往視為「必要之惡」。譯者加注不宜為了炫耀學識而做得過分，但也不應該疏懶而敷衍。

評估是否需要加注時，可考量以下因素：

(1) 譯文的本質與用途

由於譯文性質與用途所限，有些文體不宜、甚至不允許添加注釋，例如戲劇的演出腳本、報章翻譯、廣告標語等；有些加了注會影響閱讀體驗，可免則免，例如供大眾閱讀的小說。而學術類的文字，特別是譯給專業人士使用，則宜多作詳述的注釋。

(2) 配合譯文讀者的程度

譯文讀者若文化及專業水準越低，往往需要解釋補足的資料越多。

(3) 配合譯文讀者的需要

讀者可能出於學術研究、休閒閱讀或資訊吸收等目的閱讀譯本，不同用途所需的注釋數量與詳盡程度亦有所不同。

(4) 譯者的處理手法

在補充說明時，譯者間採取的策略各異。有些傾向將解釋類資訊「嵌」進譯文正文，讀者當下即可讀到補充資訊，有些則偏好透過腳注詳加說明，避免正文過於冗長。

(5) 客戶的喜好

譯者若認為需要加上注釋，應事先與客戶討論並達成共識。

第 15 章
數字與度量衡的翻譯

　　翻譯時不時會碰到數字和度量衡,大多數時候問題不大,例如「十五歲」、"AD nineteen eighty-three",翻譯起來都不困難,然而也有比較棘手的情況。本章介紹翻譯數字與度量衡時容易落入的陷阱以及應對的策略。

　　碰到數字和度量衡的詞彙,譯者首先要按其性質和翻譯工作的目標作出判斷,決定究竟是規規矩矩照數譯出,還是採用靈活手段處理,通常科技報告、法律公文、新聞報導等文字,會盡可能照數譯出,務求準確,而詩、小說、宣傳口號等藝術類文字,靈活處理往往效果更理想。

1 處理數目字

　　資訊文字中的數字若非藝術修辭的手段(見第 17 章),原原本本譯出原文的數字與量詞,是常規的做法。即使如此,要做得準確可靠,有時也不容易,以下討論處理數目字常碰上的困難。

數目字雖然具有跨文化、且客觀的意義，例如 1/4 以小數點表示是 0.25、百分比是 25%，以分數表示是四分之一，譯成英文是 one-quarter 或 twenty-five percent，從數學來看都正確。可是數字的表達方式，甚至是其背後思維脈絡，也會因文化不同而異。例如以下數例，因中文沒有對應的概念，不易準確譯成中文：

- the teens　　　　十三到十九
- a few dozens　　 數十、數打
- three scores　　　六十
- the high thirties　三十八九

漢語也有些說法是不易譯成外文的，例如：

- 十幾　　between thirteen and nineteen
- 幾十　　a few dozens
- 八九成　around eighty or ninety percent

中英文的表達數目（分位）方式不盡相同，因此碰上八、九等數字，翻起來要做點轉換。

中文的數目傳統上是以每四位數字為一單位，歐美文化則以每三位數字為一組：

個	十	百	千
one	ten	hundred	thousand
萬	十萬	百萬	千萬
ten thousand	hundred thousand	million	ten million
億	十億	百億	千億
hundred million	billion	ten billion	hundred billion
兆	十兆	百兆	千兆
trillion	ten trillion	hundred trillion	quadrillion

中文與英文在千位以下進位方式相同，均為「個、十、百、千」；但在千位以上的大數目，兩者的進位邏輯不同：

◆ 中文採用「萬進位」制，即每四位數進一級單位，如：「萬（10^4）→ 億（10^8）→ 兆（10^{12}）→ 京（10^{16}）→ 垓（10^{20}）」；

◆ 英文採用「千進位」制，即每三位數進一級單位，如：「thousand（10^3）→ million（10^6）→ billion（10^9）→ trillion（10^{12}）→ quadrillion（10^{15}）→ quintillion（10^{18}）」。

注 1975 年前，英國的十億稱為 1,000 million，一兆稱 1 billion；但 1975 年以後採用美式用法，1 billion 是十億，1 trillion 是一兆。

阿拉伯數字自成為國際通用的數目表示法已數百年，可是

各地使用方法未必一致。即使在英語國家，數目的標點也未盡統一，例如千位分隔符有些寫成 502,380，也有寫成 502 380（中間空了空格）；又如小數點有些寫成 971.44（點在底部），也有寫成 971·44（點在中間）。碰到這種情形，要視客戶要求及當地習慣等因素決定。

特別是歐洲大陸，有些國家自有一套習慣：

52,138　　可能是英文慣用的 52.138，"，"是小數點。
11.20　　十一時二十分（相當於英文慣用的 11:20）。

英式和美式的日期的數字書寫格式有所不同，英式是「日‧月‧年」，美式是「月‧日‧年」，例如 1.10.2025：

英式解讀：表示 2025 年 10 月 1 日。
美式解讀：表示 2025 年 1 月 10 日。

若譯者未留意此一差異而譯錯，碰上契約期間、交通航班或食品有效日期等情形，後果可大可小。為避免誤會，翻譯時也可採用月份拼寫方式（如 October 1, 2025）。

除了阿拉伯數字，有時也會碰上羅馬數字，譯者也應熟悉讀法：例如 MCMLXXX 是 1980，Act IV Sc.vii 是「第 4 幕第 7 景」（幕用大寫代表，景用小寫）。關於羅馬數字的用法，見本書附錄 9。

2 倍數與分數的表達

中英文倍數與分數的表達方式未盡相同，英文說 20% off，中文則會說「打八折」；倍數時英文的 two times as ... as，實際上在中文是「三倍」。因此在翻譯倍數與分數時不能只看數字，需熟悉英文表達習慣，確認原文所指的數目，再轉換成譯入語表達方式，見以下數例：

- The budget was ***cut by*** 25%.
  - ✔ 預算**刪掉**了百分之二十五。
  - ✔ 預算**刪掉**了兩成半。

- The budget was ***cut to*** 25%.
  - ✔ 預算**刪至**百分之二十五。
  - ✔ 預算**刪至**兩成半。

- Our tower is ***half as tall as*** theirs.
  - ✔ 我們這個塔只有他們那個一**半**那麼高。
  - ✔ 我們這個塔比他們那個**矮**了一**半**。

處理數目增減需充分掌握英語的倍數表達方式。例如「增加了……倍」：

- ◆ 在英語中是連基數包括在內的，表示增加後的結果。
- ◆ 在漢語中卻不算基數，表示純粹增加的倍數。

▶ The divorce rate among Russians is ***twice as high as*** that among the French.
　✔ 俄國人離婚率比法國人**高出一倍**。

▶ There is a ***six-fold reduction*** in volume.
　✗ 體積**縮小**了六倍。
　✔ 體積**縮小**了六分之五。
　✔ 體積**縮小**為六分之一。

▶ There is a ***three-fold fall*** in price.
　✗ 價格**降低**了三倍。
　✔ 價格**降低**了三分之二。
　✔ 價格**降**為原來的三分之一。

▶ 學生**人數增加**了兩倍，由一千升到三千。
　✔ The student population has ***increased three times***. It was one thousand and now it is three.

有時兩種語言的數目表達方式剛好相反，例如：

▶ This coupon will give you ***20% off***.
　✔ 憑折價券打八折。

以下整理出英語中表示倍數增加的常見用法：

（N 代表任何整數）

	英文	中文
1	an increase of **N%** **N%** more than	增加 N%
2	increase by **N** times increase by **N00%**	增加 N 倍
3	increase **N** times increase **N** fold increase **N00%** **N** fold increase	增加 N-1 倍 增加至 N 倍
4	**N** times as great as …	是…的 N 倍大 比…大 N 倍
5	**N** times (last year's total)	是去年的 N 倍
6	**N00%** of the pre-war level	比戰前增加 N-1 倍
7	**N** times faster than sound	比音速快 N 倍
8	increased by a factor of **N**	增加 N-1 倍
9	increase by **N** powers of ten	增加 10^N 倍

但須說明，英語表達倍數的句型很多，並不是所有句型都適用這條規律。

3 不確定的說法

原文表達的數目不一定是確切的數字，譯起來要小心：

千千萬萬	by the thousand / thousands and thousands
一半一半	fifty-fifty

scores of	好幾十（不低於 40）
by scores	不少，很多
in scores	很多，大批

by hundreds	數以百計地
hundreds of	數百，數以百計的
hundreds of thousands of	幾十萬，無數的

by (the) thousands	大量地，數以千計地
thousands of	數千，數以千計的
thousands upon thousands	成千上萬的

millions of	數百萬，許許多多
millions upon millions of	千百萬的
billions of	億萬（個）

sixty add thousand	六萬多
a thousand and one	許多的、無數的、各種各樣的

有時在譯入語文化裏，找出意義相當的說法，雖然數目並不對應，卻達到傳神的效果，例如形容少女亭亭玉立，英文是 "sweet seventeen"，中文卻說「年華二八」（即十六歲）。

以下舉一些常見的不精確數字使用例子：

one in a thousand	百裏挑一，萬中無一
at sixes and sevens	亂七八糟
ten to one	十之八九

一五一十	narrate systematically and in full detail
七十二行	all sorts of occupations
成千上萬	thousands upon thousands

在日常談話之中，許多數量詞的使用其實並不求其精確，主要的作用還是加強語氣，這種情形在感性的文字之中尤其普遍。由於表達的訊息重點不在於確實的數目，所以翻譯時採用靈活的手法處理，往往效果更好。

> ▶ 悟空弄本事，將身一聳，打了個連扯跟頭，跳離地有五六丈，踏雲霞而去。約有頓飯之時，往復不上三里遠近，落在面前……。（《西遊記》第二回）
>
> Monkey put his feet together, leapt about sixty feet into the air, surf riding the clouds for a few minutes dropped in front of the Patriarch. He did not get more than three leagues in the whole of his flight.（A.Waley 譯）

譯文沒有精細地換算出原來「丈」與「里」的距離，而採用了英語慣用的 feet 和 league，長度也大致相差不遠，這種文學類的作品無需數據精確。

原文數量詞未必一定要照原文譯出，有時把它們刪掉，改用其他直接的敘述來形容，效果更理想。這種情形在文學作品方面較常見，特別是誇飾、借代等修辭手法（詳見第 17 章），例如：

一乾二淨	cleanly; clean as a penny
接二連三	in quick succession
三番五次	again and again
三思後行	look before you leap
千真萬確	to be real and true
四分五裂	torn apart
四平八穩	very steady
九死一生	a narrow escape from death
千變萬化	ever-changing, very versatile

而文學作品的誇張數字，更需靈活處理，如以下數例：

▶ 我本不知，因常待師父，有客到日，多曾說有一劉玄德，**身長七尺五寸**，垂手過膝，目能自顧其耳……。（《三國演義》第三十五回）

Of course I do not know you, but my master often has visitors and they all talk about Yuan-te, ***the tall man*** whose hands hang down below his knees and whose eyes are very prominent. （C.H. Brewitt-Taylor 譯）

原本提到的「七尺五寸」究竟有多高，如今未必有可靠的換算結果，不過由上下文可知是形容劉備（玄德）身軀明顯比平常人高得多，為了讓譯文讀者易明，刪去尺寸才是明智的策略。

▶ 白髮三千丈，緣愁似個長。（李白〈秋浦歌〉）

→ Ah, my long, long white hair of **three thousand chang**,
Grown so long with the cares of this world!
（小煙薰良 譯）

→ My whitening hair would make a **long long** rope,
Yet could not fathom all my depth of woe;
（Herbert Giles 譯）

「三千丈」原是誇飾手法，翻譯家小煙薰良照字面譯為"three thousand chang" 確實精確，卻可能失諸拙澀，讀來古怪；Giles 改用長繩為意象來形容，刪去長度，反而較有「詩境」。

▶ 千山鳥飛絕，萬徑人蹤滅。
（柳宗元〈江雪〉）

→ The birds have thrown away from **every** hill,
Although **each** empty path no footprint seen.
（Fletcher 譯）

➥ ***Myriad*** mountains —— not a bird flying.
Endless roads —— not a trace of men.
（Teresa Li 譯）

上例兩種譯文都刪去了「千」、「萬」，改用較直接的說法來強調「多」、「所有」的意思。類似的情況不少，許多中文習語都有數字在內，大多數不必譯出數字，以「三」為例的習語如下：

三長兩短	unexpected misfortune; an unfortunate event, especially a death
三番兩次	again and again; time and again; over and over again; repeatedly
三令五申	repeated injunctions
三生有幸	consider oneself the most fortunate (to make somebody's acquaintance, etc.)
三頭六臂	three heads and six arms; superhuman
三心二意	be in two minds; shilly-shally
三言兩語	in a few words; in one or two words
三教九流	all walks of life
三句話不離本行	talk shop

值得注意的是，有些數詞在文化中有特別的意義，三、六、九等數字，在漢語就有「悠長」、「眾多」的意思，歷來許多文學作品提及這些數字，都未必是指實數，即使不譯出來也影響不大，精確譯出反而失去了寓意：

> 三徑就荒，松菊猶存。（〈歸去來辭〉）

Though far gone to seed are my garden ***paths***, there are still left the chrysanthemums and the pine!
（林語堂譯）

> 淚添**九**曲黃河溢，恨壓三峰華嶽低。（《西廂記》）

My tears would more than fill the winding waters of the Yellow River, And the load of my grief would weigh down ***three*** peaks of the Hua Mountain.
（熊式一譯）

黃河蜿蜒千里，當然不止「九曲」（九個彎），譯文刪略也有道理，否則引起誤會。而下一句的「三峰」或許是實數，可能指華嶽某三個峰，但更可能只是為與上聯的「九曲」對仗，譯出或刪去皆可。

有時，原文裏本來沒有數量詞，但是譯者為了營造修辭的效果，模仿原文的神韻，也可酌情加進一些，例如：

> Continuous as the stars that shine
> And twinkle on the Milky Way,
> They stretched in never-ending line

Along the margin of a bay.
(Wordsworth, "I Wandered Lonely as a Cloud")

渾疑碧落銀漢，

灑落繁星**萬**點

繞遍十里芳堤路，

錦花如帶望無邊。

▶ Enough, enough, my little lad!
Such tears become thine eye.
(Byron, "Childe Harold's Good Night!")

童子無復道！淚注盈**千萬**。

4 度量衡的翻譯

科技的文字往往使用很多計量單位，翻譯時必需精確，查出標準通用的譯法，例如：

英文名稱	中文名稱	單位	單位表示方法
bar	巴	壓強單位	bar
ampere	安培	電流單位	A
bushel	蒲式耳	容量單位	bu
calorie	卡路里	熱量單位	cal

decibel	分貝	音量單位	Db
farad	法拉	電容單位	F
hertz	赫茲	頻率單位	Hz
horsepower	馬力	功率單位	hp
hundredweight	英擔	重量單位	cwt
joule	焦耳	功的單位	J
lux	勒克斯	光照度單位	lx
mole	莫耳	物質量單位	mol
newton	牛頓	壓力單位	N
ohm	歐姆	電阻單位	Ω
rad	拉德	吸收劑量單位	rad
rem	侖目	輻射劑量單位	rem
sievert	西弗	輻射劑量單位	Sv
volt	伏特	電壓單位	V

不少度量衡單位有前綴來表示數量，例如 micro（微）、milli（毫）等前綴，翻譯的規律是將單位與前綴的譯法拼合而成：

microfarad	微法（拉）
megavolt	百萬伏（特）
megohm	兆歐（姆）
millibar	毫巴
kilolux	千勒（克司）
microampere	微安（培）

像許多其他文字一樣,度量衡的翻譯策略視乎許多因素,包括譯文如何使用、讀者的背景而定,例如一篇實驗報告:

The doses were 0.5 (n=20) and 0.125 gm/kg/h (n=14).

如果是翻譯給一般讀者使用,就要詳細譯出度量衡的單位及其含義:

使用的劑量分別為每小時體重每公斤 0.5 克(共 20 人)及每小時體重每公斤 0.125 克(共 14 人)。

如果是翻譯給專家使用,可以保留原文的單位:

使用的劑量為 0.5 (n=20) 及 0.125 gm/kg/h (n=14)。

作為譬喻用的數與量,尤宜改為譯入語習慣的單位,例如:

▶ 一**寸**光陰一**寸**金。

An inch of time is ***an inch*** of gold.

▶ **千里**之行,始於足下。

A journey of ***a thousand miles*** starts with a single step.

▶ 一**百斤**的憂愁還不了一**兩**的債務。

A hundred pounds of sorrow pays not ***one ounce*** of debt.

第16章 縮寫與專門術語的翻譯

縮寫和專門術語有些早已普及，有些較為冷僻，處理的策略即是查證清楚，然後再按照譯文使用時的需要來決定翻譯方式。

1 簡稱與縮略語

翻譯縮寫有幾種不同的手段：

(1) 全文譯出：

UNESCO	聯合國教育、科學及文化組織（原文為 United Nations Educational, Scientific, and Cultural Organization）
ASEAN	東南亞國家協會（原文為 Association of Southeast Asian Nations）
WWII	第二次世界大戰（原文為 World War Two）

(2) 以縮寫譯出（使用通行的或自創）

- ◆ UNESCO 聯合國教科文組織
- ◆ ASEAN 東協

- WWII　　二戰

(3) 不譯，照錄原文
- DIY store　　DIY 生活用品店

(4) 解釋
- G7　　七大工業國

各個領域都有以頭一個字母組成的縮寫：

AWG	American Wire Gauge	美國線規
BS	British Standard	英國標準
CMOS	Complementary Metal-Oxide-Semiconductor	互補式金屬氧化物半導體
DINK	double income, no kids	雙薪無孩；頂客族
DOP	dioctyl phthalate	酞酸二辛酯
EM field	electromagnetic field	電磁場
EMF	(emf) electromotive force	電動勢
EVP	Executive Vice President	執行副總裁
laser	light amplification by stimulated emission of radiation	雷射
LOA	length overall	（船）全長
LPG	liquefied petroleum gas	液化石油氣
MOSFET	metal-oxide-semiconductor field-effect transistor	金屬氧化物半導體場效電晶體

NIMBY	not in my back yard	別在我後院；鄰避心態
OOO	out of order	故障
P.D.	potential difference	電位差；電壓
PP	Polypropylene	聚丙烯
PPM	(ppm) part(s) per million	百萬分之……
PSI	pounds per square inch	磅/英寸
PVC	polyvinyl chloride	聚氯乙烯
RPM	(rpm) revolutions per minute	轉/分
SS	steamship	汽船
UFO	unidentified flying object	不明飛行物體
WWD	weather working day	晴天工作日

也有些縮寫是「裁減式」縮略詞，即是把原來的字裁去一部分：

app.	apparatus	儀器
avg.	average	平均
cat.	catalyst	催化劑
cond.	conductivity	導電性
cpd	compound	化合物
est.	estimated	估計的
fl.	fluid	流體
mtg	meeting	會議
port.	portable	手提
rept	report	報告
rev	revolution	轉數

| Rev. | reverend | 牧師 |

另有一些是混成法構成的縮略詞,由多個不同的字截取一部分構成:

glomb	glide bomb	滑翔炸彈
infotainment	information and entertainment	資訊娛樂節目
lidar	light detection and ranging	雷射雷達
mobot	mobile robot	移動機器人
Reaganomics	Reagan economics	雷根經濟學
Skylab	Sky laboratory	太空實驗室
T-Rex	Tyrannosaurus rex	暴龍

有些詞語的意義來自一些本身語言的特色,翻譯之前必須查清楚背景,再由譯入語中找比較相近的說法:

101	基礎知識
as plain as ABC	明明白白
to mind one's p's and q's	小心言行
the three Rs	讀寫算能力〔指 Reading, Riting (= writing), Rithmetic (= arithmetic)〕
the fourth R	推理力

原文採用字母代表特定的意義,譯文有時也保留下來,只是意譯其餘的部分:

N-pole	N 極
n-tupling	n 倍
P-F curve	P-F 曲線
p-n junction	pn 結
PN boundary	PN 間界
PNPN switch	PNPN 開關
Q signal	Q 信號
Q-band	Q 波段
X-ray	X 射線
X-wave	X 波
X-Y plotter	X-Y 繪圖儀
Y signal	Y 信號
Y-direction	Y 軸向
Z-cut	Z 截割
ZRE alloy	ZRE 鎂鋅鋯合金

有時則保留原文的字母,加上「形」字:

A-frame	A 形架
C-clamp	C 形夾
C-spring	C 形發條
D-valve	D 形閥
H-beam	H 形樑
H-shaped casting	H 鑄件
K-frame	K 形架
L-iron	L 形鐵
O-ring	O 形環

S-link	S 形運接
S-wrench	S 形扳手
T-bat	T 形鋼
T-beam	T 形樑
T-connection	T 形連接
U-tube	U 形管
U-bolt	U 形螺栓
V-gear	V 形齒輪
V-rope	V 形鋼索
Y-pipe	Y 形管
Y-joint	Y 形接頭
Z-beam	Z 形樑
Z-crank	Z 形曲柄

也有些用比喻的形象來代替原文的字母：

T-bend	三通接頭
U-bolt	馬蹄螺栓
U-bend	馬蹄彎頭
U-steel	槽鋼
V-belt	三角皮帶
V-block	三角槽塊
X-brace	交叉支撐
X-bracing	交叉連接
X-type	交叉形
Y-curve	叉形曲線
Y-joint	叉形接頭

不少詞語原文用字母表示呈現，用以表示該事物的形狀，翻成漢語則用類似的漢字來表示：

H-section	工形斷面
I-bar	工字鋼
I-beam	工字樑
I-column	工字柱
T-bolt	丁字螺栓
T-plate	丁字板
T-slot	丁字槽
T-socket	丁字形套管
Z-bar	乙字鋼

而產品型號一般都不譯，保留原文，只譯出普通名詞及專有名詞部分：

Airbus A320	空中巴士 A320
Model SI-170A chuck lathe	SI-170A 型卡盤車床
BFT-13C horizontal boring and milling machine	BFT-13C 型臥式鏜銑床
Kubota Mobile Crane Model KM-150 Kubota	KM 床 150 型流動式起重機

若產品以人命名的名稱，可音譯出人名部分，其餘意譯：

Acme screw thread	愛克姆螺紋
Landis type grinder	蘭迪斯式磨床
Mollier diagram	莫里爾圖

Norton gear	諾頓齒輪
Parkinson's Law	帕金森定律

2 專門術語

許多名詞日常普遍使用，未必會留意到其真正含意與細微差異。但在翻譯時，這些差異可能引發語義上的偏差，譯者必須小心認真處理。例如 prison 和 jail 二字，在一般情況是通用的：

- He was sent to *prison*.
- He was sent to *jail*.

除非具有法律專業背景，一般大概不會留意其間的分別，英漢詞典也常將二字同譯為「監獄」，可是嚴格來說並沒有百分之百同義的詞，以下這段文字可以說明：

> Indeed, the evidence suggests that prison sentences should be reduced, not increased or abolished altogether. For the condition of almost all of America's **400 *prisons and 40,000 jails*** and the treatment accorded their inmates are such as to make one hope that Dostoevsky was wrong in declaring in The House of the Dead that "the degree of civilization in a society can be judged by entering its prisons."
>
> (Arnold A. Rogow, *The Dying of the Light*)

上段引文中分別提及 jail 和 prison 前者在美國境內有四萬所，後者僅四百所，可見兩者並不相同。jail 與 prison 一般習慣是通用的，但原來不同之處在於：

- 屬聯邦或州立者為 prison，屬地方（即縣或市）者為 jail
- 已決犯或重罪犯關押於 prison，未決犯或輕罪犯關押於 jail
- 刑期較長者關押於 prison，較短者關押於 jail

以下說明可作為旁證：

JAIL A building used for the confinement of individuals *awaiting trial*, or who have been convicted of *minor offenses*. The term PRISON is sometimes used interchangeably with *jail*, but PRISON is usually the place where only those with *long-term sentences* are confined. *Jail* is distinguishable from a lockup, which is temporary holding cage used to confine those who have just been arrested.

(The Dictionary of Practical Law)

在專門學科範疇裏，本來平常使用的詞也可能有特別的意思，不論怎樣翻譯也未必能精準傳達出全部含意，例如英式法律制度有 barrister（大律師，多處理刑事案件）與 solicitor（事務律師，多處理民事案件）兩種，請見以下《麥克米倫高級英漢雙解詞典》的解釋：

barrister

a lawyer in England or Wales who is allowed to speak in the higher law courts （英）大律師（可在高等法院出庭）

solicitor

in the UK, a lawyer who gives legal advice, writes legal contracts, and represents people in the lower courts of law （英國的）事務律師（其工作包括法律諮詢、撰寫法律契約以及在基層法院出庭辯護）

再以宗教範疇作例，原文往往含有複雜的歷史淵源，譯者必須熟悉，詳查譯入語稱謂：

Methodist	循道會
Methodist Church	衛理公會／循道公會
Methodist Episcopal Mission	美以美會
Methodist Episcopal Church, South	監理公會
Methodists Protestant Church	美普會
Methodism	循道宗教義／衛理宗教會

對於外行人來說，monk、friar、brother 等詞往往是指謂相同，其實原來嚴格一點說是有分別的：

hermit	隱修士
monk	隱修院修士

friar	行乞修道士
brother/sister	修士／修女

　　天主教的修會分為隱修修會（Hermit Orders）、隱修院修會（Monastic Orders）、行乞修會（Mendicant Orders）、修會（Religious Orders）。隱修修會流行於 6 世紀以前，成員稱為 hermits；隱修院修會流行於 6-12 世紀，成員稱為 monk；行乞修會流行於 13-16 世紀，成員稱為 friar；1534 年耶穌會（The Jesuit Order）成立之後，修會逐漸取代行乞修會成為天主教的主要修道組織，其成員稱為 brothers、sisters。

　　因此中譯這些修道者，要小心查證：

Black Monks	黑衣隱修院修士（本篤會會士）
Black Friars	黑衣行乞修道士（多明我會會士）
Grey Friars	灰衣行乞修道士（方濟各我會會士）
Jesuits	耶穌會會士

第 17 章
藝術語言的翻譯

追求美感是人類的天性，我們遠古祖先在謀得溫飽、安全之餘，亦以圖畫裝飾洞穴，美化生活環境。同理，在人類語言之中，很多時候不是用最簡單直接的方式傳達訊息，而是採用種種藝術的修辭技巧來表達。我們都知道修辭的力量，自覺或不自覺地運用藝術的語言來使自己的語言更有力，以達到目的。

對於翻譯工作者來說，了解這事實有以下多重意義：

- 翻譯時必須處處留神，注意藝術的語言在原文何處出現，並評估作者意圖及預期作用。即使是在科技文獻、政府公文等較直接客觀之文本，亦會運用原創的語言。

- 翻譯時必須從宏觀的角度評估是否要仿效原文的藝術成分，亦即不單著眼於某詞某句，而是依譯文用途、讀者背景、客戶期望等等，制訂整體策略。

- 翻譯詩詞、廣告等文類，特別依賴藝術原創的功力，其中許多原文的效果，主要透過表達的手段呈現，詞句本身的文義反而不大重要。翻譯此類文字，應擺脫原文內容的規限，有時會接近再創造的境界。

藝術的語言運用五花八門，以下介紹幾種特別值得翻譯工作重視的修辭形式，並探討處理的策略。

1 句法的修辭手法

在中文中，為了創造修辭效果，往往會在字詞層面下功夫。例如重複句中的某些成分，可以產生特別的節奏效果，引起讀者注意，若是運用得宜，還能創造出美感。

(1) 對偶

重複個別字詞固然能達到修辭作用，但句式重複通常效果更佳。由於每種語言在詞語組合及句式的習慣有別，要想在譯文具體呈現原文形式並不容易。

例如漢語有「五言詩」、「七言詩」，英語沒有以字數為詩句單位的傳統，即使以音步（metre）為單位組句，也迥然有異；又如漢語有對仗、對偶，英文不易仿效，即使辦得到，也難以保證讀者感受相同。

即使如此，譯者仍可以匠心獨運，盡力以各種手段來呈現類似於原文的藝術效果：

▶ 春意透酥胸，春色橫眉黛。（《西廂記》第十三齣）
　　The feeling of love has permeated her snow-white bosom.

The expression of love is revealed through her black eyebrows.（熊式一譯）

▶ 梯田漸漸稀，村舍遙遙對。（盧前〈刀靶水〉）
Ridges of fields grow few and far between,
While far away some cottages are seen.
（Taylor 譯）

▶ The moan of doves in immemorial elms,
And murmuring of innumerable bees.
(Alfred Tennyson, "Come Down, O Maid")
古老的榆木林中鴿子的呢喃，
還有成群飛舞的蜜蜂的嗡嗡聲。

▶ He is all fire and fight.
他怒氣沖沖，來勢凶凶。

▶ It's nothing but fantasy, fallacy and fiction.
無非是虛幻、虛妄、虛構。

▶ 尋尋覓覓，冷冷清清，悽悽慘慘戚戚。
（李清照〈聲聲慢〉）
So dim, so dark,
So dense, so dull,
So damp, so dank, so dead.（林語堂譯）

在西方文學中，也有運用重複修辭以塑造人物性格的例子。莎士比亞在悲劇《哈姆雷特》刻劃一位好咬文嚼字的老人家，採用了「顛倒次序重複修辭法」來突顯他賣弄語言的本色：

▶ That he is mad, 'tis true, 'tis true, 'tis pity,
And pity 'tis 'tis true. (W. Shakespeare, *Hamlet* 2.2.97-98)

➥ 他瘋了，這是真的；惟其是真的所以才可嘆，它的可嘆也是真的。（朱生豪譯）

➥ 他是瘋了，這是真的；這是真可憐，可憐這是真。（梁實秋譯）

➥ 他已經瘋了，是真的；真的是可惜，可惜是真的。（卞之琳譯）

➥ 他瘋了，是真的：是真的才真可憐，真可憐是真的。（曹未風譯）

前四種譯法大致都逐字譯出，多多少少也傳達出原文的效果，其中以卞之琳組句最自然，曹未風則特別運用心思，再三重複「真」字，相信演出時更有感染力。

(2) 拆字

漢語是方塊字，每個字通常由部首和其他部分組成，

有些作者巧妙運用「拆字」的手法，通過拆解字形來創造特殊的效果，但在翻譯時遇到這種修辭手法，往往難以有效再現：

▶ 人曾為僧，人弗可以成佛；女卑是婢，女又何妨稱奴。

英語也有類似的手法：

▶ Q. How do you make a witch itch?
　A. Take away her W.

(3) 迴文

所謂「迴文」（chiasmus 或 palindrome），是指語句的結構前後對稱，通常為兩個部分的語序對調，從而強調對比或加強語氣：

▶ 信言不美，美言不信（《老子》）

▶ 人不犯我，我不犯人。

▶ 客上天然居，居然天上客。

英語也有一些句子是左右讀起來字母排列完全相同的：

▶ Able was I ere I saw Elba.

▶ Was it a cat I saw?

用一點心思,這些巧妙的安排也可以在譯文裏重現:

▶ Flowers are lovely; love is flower-like.
(Samuel Taylor Coleridge, "Youth and Age")
花朵是可愛的;愛像花朵一樣。

▶ Let us never negotiate out of fear, but let us never fear to negotiate.
(John F. Kennedy, Inaugural Address, January 20, 1961)
我們千萬不要由於害怕而去談判,但也絕對不要害怕談判。

2 詞義的修辭手法

除了在句法的層面多花心思之外,作者也可以運用想像力,發揮字詞的詩意及生動的比喻,達到特殊的效果。

(1) 意象

人類自然的語言經常採用迂迴的方式來表達意思,而比喻就是一種普遍的手段。比喻透過用另一種事來形容正在談論的事物,突顯二者相似的地方,讓語言中所指的事物在聽者腦海中浮現「意象」(image)。

譬如說某人下大雨時回家,我們說他「淋得像隻『落

湯雞』」，聽者會知道相似之處在於濕透的模樣，而不是說像雞那樣有雙翅膀或會啼叫。「雞」的聯想就是這句話所使用的意象。

使用意象代替直言，可以達到以下多重效果：

Ⓐ 簡約

有些概念和感情，若是採用合適的比喻，可以省去許多筆墨，例如「一入侯門深似海」、「豪氣千雲」等。當年美國總統甘迺迪到訪西柏林，演說時用德語說出「我是柏林人」，這句話表達了對聯邦德國（西德）的支持，勝過千言萬語。又如：

▶ 陳涉太息曰：「嗟呼，**燕雀**安知**鴻鵠**之志哉。」
（司馬遷《史記·陳涉世家》）

▶ You are *my sunshine*.

Ⓑ 增添生氣

有創意的比喻能使語句生動有趣：

▶ to be *armed to the teeth*

▶ Love is a *Many Splendored Thing*.（電影片名）

▶ Silence is *golden*.

▶ 我到了自家的房外，我的母親早已迎著出來了，
接著便**飛出了**八歲的侄兒宏兒。（魯迅《故鄉》）

▶ Shall I compare thee to a ***summer's day***.
(W. Shakespeare, "Sonnet 18")

Ⓒ 引起注意

　　新鮮、不尋常的比喻能吸引讀者，產生共鳴，例如：

▶ 想思枕上的長夜，
……愛人啊！
叫我又怎樣**泅過這時間之海**？
（聞一多〈紅豆〉）

▶ Put a ***tiger*** in your tank.（汽油公司廣告標語）
加了油──如虎添翼。

▶ On Wings of Song.（古曲歌曲名）
乘著歌聲的翅膀。

Ⓓ 轉移、淡化

　　比喻或多或少具有多重含義（見下節 (2) 翻譯意象），透過隱含的方式來表達含意，講者無需直言，例如國際談判結束，記者追問結果，談判代表回應道：「輕舟已過萬重山」。

(2) 翻譯意象

若要翻譯原文中的意象,可以採用以下策略處理,包括保存、換例、解釋、直言、刪略等。

Ⓐ 保存

即譯文模仿原文的比喻方式,將同樣的意象呈現出來。

要保存原文意象,可能會碰到以下幾種情形。有些時候,原文與譯入語在表達時採用的意象相同,直樣譯過來即可達到相似的效果:

to sit on the fence	騎牆觀望
walls have ears	隔牆有耳
to kill two birds with one stone	一箭雙雕
to provide against a rainy day	未雨綢繆
to wolf down	狼吞虎嚥
snow-white	雪白
empty-handed	空手
a fat job	肥缺
rotten egg	壞蛋
as light as a feather	輕如羽毛
as sharp as a knife	鋒利如刀
as quick like lightning	快如閃電

隨著國際化的影響，早年某些比喻用法，其意象若直接譯出，讀者可能難以理解，但如今已不再是問題：

bull market/bear market	牛市／熊市
honeymoon	蜜月
red carpet	紅地毯
sour grapes	酸葡萄
left camp	左派陣營
virgin soil	處女地
kiss of death	死亡之吻
hang by a thread	命懸一線
to cast a shadow over	蒙上陰影
crocodile's tears	鱷魚的眼淚

不過，也有不少例子，是同一個意象於兩種文化代表的含義不同，若為多加留意，直譯出來會引起誤會：

小心　　　　　　　　　　　＝ cautious
small-minded　　　　　　　＝ 小器

遲睡　　　　　　　　　　　＝ to sit up late
sleep late (in the morning)　＝ 遲起

掛冠　　　　　　　　　　　＝ to resign from one's post
to hang up one's hat　　　　＝ 不客氣、久留不去

戴綠帽　　　　　　　　　　＝ to be a cuckold
to have a green bonnet　　　＝ 營業失敗

Ⓑ 換例

有時原文的比喻，在譯入語表達相同的意念時，要換成另一個意象來比喻，例如以下數例：

如魚得水	like a duck to water
烏鴉笑豬黑	a pot calling the kettle black
守口如瓶	dumb as an oyster
拋磚引玉	to throw a sprat to catch a herring
無風不起浪	there is no smoke without fire
又要馬兒好，又要馬兒不吃草	to eat one's cake and have it
又要馬兒不吃草	to eat one's cake and have it
殺雞焉用牛刀	to kill a butterfly, you needn't break it on the wheel
掛羊頭賣狗肉	to cry up wine and sell vinegar

to drink like a fish	牛飲
as bitter as wormwood	苦如黃連
a living Hector	生張飛
a drop in the bucket	九牛一毛
to gild the lily	畫蛇添足
one's goose has been cooked	生米煮成飯，木已成舟
to live a dog's life	做牛做馬
to sell like hot cakes	洛陽紙貴
as plentiful as strawberries	多如牛毛

as drunk as a skunk	爛醉如泥
as strong as a horse	強壯像頭牛
as old as the hills	天長地久
Jack and Jill	阿貓阿狗
Tom, Dick and Harry	張三李四
at a stone's throw	一箭之遙

▶ 情人眼裏出**西施**

Every girl is a ***Helen*** in her lover's eye.

▶ 紅杏**出牆**

married women ***hop in the hay***.

▶ 少年細詰行蹤，意憐之，勸設帳授徒。生嘆曰：「羈旅之人，誰為**曹邱**者？」（《聊齋・嬌娜》）

The young man, however, inquired what he was doing in that part of the country, and expressed great sympathy with his misfortune, recommending him to set about taking pupils. "Alas!" said K'ung, "who will play the ***Maecenas*** to a distressed wayfarer like myself?" (H.A. Giles 譯)

說明 原文引用曹邱的典故，表示推薦介紹的意思，按曹丘是漢朝楚人，曾向季布自薦，獲得賞識重用。Maecenas（梅塞納斯）是公元前一世紀羅馬政治

家,禮賢下士,曾賞識 Horace(賀拉斯)與 Virgil(維吉爾),這篇譯文借西方文化的典故來表達知音重用的意念。

Ⓒ 補充解釋

譯者若希望貼近原文,可以保存全部或部分的意象,再加上解釋,從而確保譯文讀者能正確又充分了解原文的意思:

▶ She was like a Christmas tree.
  她**全身披掛**,打扮得像棵聖誕樹。

▶ The trams in the town run like clockwork.
  鎮上的電車像鐘**那樣準時**。

Ⓓ 直言

直言即取消意象,不再用比喻的講法,而用譯入語直接說明比喻本來的意思。

龜裂	to crack
雀躍	to dance (leap) for joy
瓜分	to carve sth up, to dismember
狐疑	to doubt
山盟海誓	to pledge mutual fidelity
提心吊膽	to be apprehensive

an Adonais	美男子
Platonic love	精神戀愛
a wise man of Gotham	笨蛋
to keep one's head above water	奮力圖存
to play the goat	裝瘋賣傻

▶ **窮時受人白眼**是件常事。
（梁實秋《雅舍小品》）

▶ To be *given the brushoff* when one is poor is a daily occurrence.（時昭瀛譯）

▶ Every life has its *roses and thorns*.

　　這句話可採用保存意象、直言、換例三種方法來翻譯，效果各有千秋：

➡ 人生之中**有玫瑰也有刺**。

➡ 人生之中總**有甜也有苦**。

➡ 人生之中總是**會有順境有逆境**。

Ⓔ 刪略

　　若原文意象在文中的作用不大，文意重複，甚至引起誤會，為了配合譯文整體作用，可以考慮刪去：

▶ 他是**少林寺**科班出身。

He was properly trained in his trade.

(3) 多義

在大多數情形下，人們在使用語言含義都大致精確，一句話只有一個意思，例如「張三今天在家吃午飯」，除非上下文提供特別的線索應作不尋常的解釋，否則人、地、時、事都清楚。不過，也有一些語句，在聽者耳中，可能會有不止一種解釋。

例如父親對子女說：「媽媽生氣了，我們先進房裏談一談」。這個「我們」可能是「爸爸和媽媽」，也可能是「爸爸和子女」，還可能是「爸爸、媽媽和子女」。這就是語言的「歧義」現象（ambiguity）。

譯者既要處處留神，看出原文有歧義的地方，更要當機立斷，明智又巧妙地處理。

多義可分為「詞義雙關」（homograph）及「諧音雙關」（homophone）兩類。詞義雙關是利用一詞多義的特點來構成的，例如以下數例：

▶ -HANDEL'S ***ORGAN WORKS***.
　-So does mine.

說明 前句是英國某大學圖書館書架上音樂類書籍的告示牌，顯示「韓德爾風琴作品」在此；後句是有讀者惡作劇在告示牌上塗鴉，把 organ 解作器官，works 解作「可運作」，於是變成：

> ─韓德爾的器官行。
> ─我的也行。

即使這樣譯出第二個意義，原來的那個無法保存，整句話的效果全失。又如以下的新聞報道：

> ▶ ***TAXING* TIMES IN CHINA**
> Overseas companies are anxious to finalize new China projects before the year ends, fearing any delay could cost them a fortune in tax.

說明 這個標題突出的地方在於 tax 既指稅收，又可能作負擔沉重，在譯入語中要找到同樣有這兩個意思的詞，殊不容易，找不到的話，就只好犧牲了雙關的效果，把「實情」詳細說明，例如「年底趕工避開中國沉重稅負」。

▶ Q. Where are the ghosts when the lights go out?
A. ***In the dark***.

說明 In the dark 既指「在黑暗之中」，也指「什麼也不曉得」、「一無所知」，這句俏皮話正是利用這個說法的兩個意思來開玩笑。

諧音雙關是利用一個以上的同音字來構成的，例如：

▶ **有升**有息。
▶ **財利**兼收。

說明 這是兩個不同財務公司的宣傳口號，吸引公眾人士投資，二者都是運用成語的諧音：「有聲有色」、「名利雙收」。

原文若出現歧義，有相當的比例是無心之失，講者並未故意製造「相關」的效果，只是不小心採用了多義的詞語或句法，例如：

▶ My daughter wants to marry a soldier.

說明 這句可以解釋為她想嫁給軍人，也可能是她早已有了心上人，是當兵的。

某些有歧義的語句更複雜：

▶ The police were told to stop drinking at midnight.

這句話可以相當於四種不同的說法：

➡ The police were told not to drink any more after midnight.

➡ The police were told to stop people drinking after midnight.

➡ At midnight, the police were told not to drink any more.

➡ At midnight, the police were told to stop people from drinking.

　　碰到這類的歧義，譯者只要仔細審閱上下文，通常不難判斷講者的本意。除非有特別的理由，要保存這種歧義的特色，否則應該選取最合情合理的意思翻譯。如有需要，可以在合適之處提醒讀者，或是知會客戶說明原文歧義的情形。

　　若是譯者想要有意義地經營歧義效果，以達到預期的目的（通常是引起注意、增添生氣、製造幽默感、發揮諷刺作用等），翻譯起來就困難得多了：

▶ Q. Why are parliamentary reports called "Blue Books"?
　 A. Because they are never ***red*** (read).

說明　這句雙關是諷刺英國國會文件多得無從讀起，巧妙地運用了「read」（過去式）和「red」的同音。

　　此外，諧音雙關亦是文學作品常見的修辭手法：

▶ 楊柳青青江水平，聞郎江上踏歌聲，

東邊日出西邊雨，道是無晴還有晴。
（劉禹錫〈竹枝詞〉）

說明 這首詩採用了「晴」、「情」的諧音，婉轉地傳達出少女懷春的心聲。

▶ 十七歲的浪漫詩想

說明 這是運用「詩」與「思」諧音。

　　莎劇《羅密歐與茱麗葉》（*Romeo and Juliet*）第二幕第四景裏，Mercutio 譏諷老乳母，稱她為 hare，這個字既指野兔，俗語又指娼妓：

Romeo	What has thou found?
Mercutio	No ***hare***, Sir.
羅密歐	你發現了什麼？
莫枯修	倒不是野雞，先生。

（梁實秋譯）

　　梁實秋把 hare 換作「野雞」，這是「野妓」的俗話，可見心思。

　　西方報章也喜歡採用雙關語作標題，吸引注意，例如：

▶ *Patient* to the Last

說明 這是一篇報導某醫院關閉的文字，patient 一字既指「病人」，又指「耐性」，作者表揚該醫院員工堅持服務水平到底，同時又描述最後一位病人在該院關門前最後一天的生活。

又如以下兩篇新聞標題：

▶ ***Doctoring*** Evidence

說明 指醫學界人士扭曲臨床研究得來的數據，來遷就自己的主張，doctor 作名詞用指醫生，作動詞用則是弄虛作假。「仿似」（parody）是另一種一詞多義的手法：

▶ Britannia ***rues*** the waves

說明 此句出自英國雜誌的專文標題，模仿英海軍名曲 "Rule Britannia" 中的疊句："Britannia rules the waves!"，意思是「不列顛統治四海」。作者在報導英國海運業日益衰落，換用 rues（後悔、遺憾）這樣與 rule 音似的字，對比英國昔日雄霸四海，從而展現諷刺的效果。

(4) 委婉與誇張

除了使用意象，透過比喻來表達之外，另一種常見的修辭手法是扭曲事物的程度：把大的說成小，把小的說成大，達到某些預期的效果。

使用委婉語，有時是為了社交的需要（例如顧及對方顏面），或是為了避免不必要的麻煩，例如：

▶ We had three main difficulties with regard to those documents.
對那些文件，我們主要有三點不便同意之處。

說明 其實真正的意思是「有三點反對的意見」。

▶ In private I should merely call him a liar. In the Press you should use the word: "reckless disregard for truth" and in Parliament—that you regret he "should have been so misinformed."
(Galsworthy, *The Silver Spoon*)
在私下，我就會乾脆說他撒謊。在報刊上你卻要用這樣的字眼：「粗心大意地忽視了事實」，而在議會，你就要因為他「竟然得到如此錯誤的訊息」表示遺憾。

每個文化都存在許多委婉語來表達「禁忌」，包括宗教、性愛、死亡，以及身體部位（例如性器官）或生理現象（例如月經、排泄）等。當中文提到有人死亡時，會說「仙遊」、「歸西」、「辭世」、「不在了」、「息勞歸主」等，而在英語中，則習慣使用 to pass away、to be no more、to depart、go join the majority 等表達。

例如以下公告：

> ▶ 請**方便**完畢再進池
> Kindly *do your business* before entering the pool

3 音韻的修辭手法

作者往往會利用雙聲、疊韻、諧音字等，來達到引起注意、加強美感、諷刺等效果，翻譯時可以嘗試在譯入語用類似詞語或結構，來重現類似的效果：

▶ 人仁也。（《釋名·釋形體》）
Man is human.

▶ 仁者人也。（《中庸》）
Humaneness is humanity.

▶ 政者正也。（《論語》）
→ To govern means to guide right.（Soothill 譯）
→ To rule is to rectify.

▶ Publish or perish
不出版，就完蛋。

▶ Civilization is syphilization!
文而明之，梅而毒之。

有些語句的語義內涵相對不重要，其效果反而在於音韻的特色，例如英語拍照時說 "cheese"，聽者就會做出微笑的口型；或是中文的繞口令「西施死時四十四」，這類語句效果難以在其他語言裏找到完全的音義對應，譯者要憑本身的文字造詣，盡力而為：

> ▶ A big black bug bit a big black bear
> 大大黑臭蟲，口咬大黑熊。

第 18 章 改善原文

1 譯者的權利和責任

　　譯者究竟有沒有權利，或有沒有責任改善原文？這是翻譯過程之中時常出現的疑問。譯者往往忍不住出手修改原文，有時出於專業的責任感，有時不忍原文詞不達意，有時則是因自身語言造詣而技癢。

　　由第 3 章「翻譯的方法」和第 5 章「翻譯的標準」的討論可見，譯者的確有義務在合適的情況採用各種手段，以達到翻譯任務的目標，其中包括改善原文。然而，每當譯者修改原文，都需具備準確的判斷力，謹慎從事，日後受到質疑時，必須拿得出充分的理由來支持自己的決定。

2 原文修改的考量

　　譯者在什麼情況之下應修改原文？又按照哪些原則來進行？以下是值得參考的因素：

(1) 原文的本質

　　一般來說，以作者為中心的作品，在翻譯時除非有特別的理由，都應當盡量重現其各方面的特色，包括缺點在內，以便譯文讀者能夠認識「原文就是這個樣子」，得以看到其本來面目，一切優點缺點都由作者自己負責。

　　相較之下，非以作者為中心的文字，在翻譯時往往有其他考量，比重現原文本貌更為優先，於是譯者得審慎決定，選擇最合理的策略。

(2) 原文的品質

　　翻譯非以作者為中心的文字時，若原文的表達方式已相當理想，即能夠達到原定的目標，例如說明、介紹、遊說、感動、指示、警告等，即使保留本貌也不致引起譯本讀者誤會，那麼通常無須採取手段來改善。

　　相反，若原文文筆不濟，譯者認為若不動手修改，則無法完成翻譯任務，那就應該大膽酌情處理。撰寫原文的人未必能讓文字有效溝通，也可能未有充足時間構思琢磨，導致待譯的文字溝通效果不盡理想。譯者身為專業的溝通者，往往知道如何表達更有力，可以貢獻自己這方面的造詣。

(3) 譯文效用的需要

即使是以作者為中心的文字，或即使原文文字品質優良，翻譯時仍可能因種種原因作出修辭或內容的改動，例如譯文讀者文化水準較原文讀者低，或譯文使用時的功能與原文本來構想時不同，因而適時調整，使譯文更易於消化、更具吸引力，或得以突顯重要內容或因素等。

例如翻譯《聖經》相關資料時，若目標受眾為非信仰基督教的一般人，譯者可能需要採取較淺白流暢的筆法。原文中較難理解的表達，往往要大幅調整刪改，確保譯文滿足傳教需要。

(4) 客戶的要求

身為提供服務的專業人士，譯者應懂得尊重客戶的意願，無論是否合理明智，倘若客戶不接受譯者建議，堅持要改動或保留原文某些特色，通常譯者也會依其要求執行。

(5) 符合公眾利益

譯者除了要對作者和客戶負責，還要對譯文讀者、甚至社會大眾負責。倘若譯者發覺原文有些訊息，按照本貌傳達出來，容易引起誤會或負面效應，則應考慮修改。譬如甲國駐乙國大使館發表聲明，原文以甲國文字撰寫，對甲國人民毫無問題，但是照譯成乙國語言，可能會挑起乙

國人民的反感，引起不必要的誤解，那麼翻譯時應適時修改字眼，不致引起公憤。

3 值得改善的情況

譯者在翻譯過程中，碰到原文的種種問題，應依上兩節討論的原則，衡量是否加以改善。原文中值得改善的情況包括以下幾點：

(1) 邏輯有問題

作者可能由於思路不清、粗心大意、詞不達意等原因，寫出不符合邏輯的文字，令讀者越看越糊塗或失去興趣，譯者可視情況酌情調整表達方式。

(2) 文化背景差距

人們通常先以母語撰寫文本，再請譯者譯成外文供當地使用，例如商人到國外推銷產品、傳教士到外地傳道、高層管理人員向不同文化背景的職員發言。上述情形可能因作者不熟悉譯入語的文化，用了讀者難以理解的表達方式，甚至引起不必要的誤會。譯者若能預料這種情況或危機，應考慮改善。

(3) 原文意義含糊難明

碰到原文表達方式有難以理解的地方，若是譯者肯定並非是作者故意營造的歧義語言效果，又認為值得改善的話，應該採取合理的解釋，清楚地表達出來。

(4) 個人行文特色

每個人使用語言，總會有些詞彙或表達方式與人不同，若是這些特色無需在譯文中保留，即使保留下來亦會影響譯文的效力，應考慮改用大眾習慣的方式來表達。

(5) 贅言與陳腔濫調

若是原文有不必要的贅字或內容重複，而譯文又無需保留這些特色，可以考慮刪略、重組。

(6) 疏忽、錯別字及印刷錯誤

原文不論是手稿或是印刷，都可能因作者粗心大意而出現錯字；若譯者判斷該錯字並非作者原意，應予更正。

4 專業工作的原則

總結以上討論，當譯者遇到原文有問題時，要判斷是否應該動手改善，往往視翻譯工作及多種因素而定，例如作者的地

位、客戶的意願,能否及時聯繫作者求證,以及譯者本身工作的能力、經驗、自信與態度,是否願意負更大責任等因素,來決定是否改善。

翻譯沒有一成不變的方程式,卻有應堅持的原則,包括:

- **兼顧各方利益**——顧及作者、客戶、譯文讀者與社會大眾的需求與期待。
- **力求最佳溝通效果**——在可行範圍內使原文資訊能準確清晰傳達。
- **堅守專業精神**——不敷衍、不偏頗,確保服務品質,勇於承擔責任。

熟悉以上衡量原則,譯者在翻譯過程中遇到各式各樣的問題,取捨時能更從容明智。

附錄 1
翻譯方法的區分與界定

譯者採用不同的策略,使得譯文翻譯篇幅與原文不同。為了對作者、譯文讀者及社會負責,譯者應清楚注明這是怎麼樣的譯文。以下舉例說明常見情形:

(1) 全譯

這是傳統上最為大眾認同的譯法,即是「準確、完整表達出原文內容」,包括思想情感和行文風格等層面,力求譯文可以代替原文,在各方面等值與對應。原文有的內容,譯文也都有,同時譯文不會出現原文沒有的東西,譯者不得擅自增刪、改動。

當然,由於文化差異等因素,為了使譯文讀者能正確理解原文意思,譯者在翻譯過程中不免需適度調整內容或表達方式,例如替換舉例或稍加說明,這是合理的做法。有時原文中出現某些無法翻譯或不宜翻譯出來的內容時,譯者甚至可以酌情刪去,但僅可偶一為之,並且必須在譯文前後(例如在譯者序或注釋裡)聲明「略有刪節」。

採用全譯法,譯文要注明原文作者和出處,例如「譯

自 Carse, James P. *Finite and Infinite Games: A Vision of Life as Play and Possibility*. The Free Press, 2013.」。

(2) 節譯

在許多情況下，原文不宜或無需全部譯出，此時可以予以濃縮，這類手法近年越來越流行。濃縮的程度往往不一樣，譯文的長度可為原文的八九成，也可減至兩三成。

節譯一般的做法是大致按比例濃縮原文，省略舉例及較為次要的描述。像全譯一樣，譯者在節譯時要忠實於原文，不應添加個人意見或原文未有的內容。

採用節譯法，譯文要注明作者和出處，例如「節譯自 Carse, James P. *Finite and Infinite Games: A Vision of Life as Play and Possibility*. The Free Press, 2013.」。

(3) 摘譯

摘譯近年也愈發普遍，不是把原文全部濃縮，而是有目的挑出原文的一部分，全部譯出或節譯。選出來翻譯的部分通常是全文核心內容，但也可能是譯文讀者最需要、最感興趣的部分，或是客戶指定的部分。

像全譯或節譯一樣，譯者摘譯時要忠實於原文，不可加進自己的意見或原文所無的內容。

採用摘譯法，譯文要注明作者和出處，例如「摘譯自 Carse, James P. *Finite and Infinite Games: A Vision of Life as Play and Possibility*. The Free Press, 2013.」。

(4) 編譯

除了以上那三種「不加不減」或「不加但可減」的翻譯手法外，還有一種是「有加有減」，將原文進一步「加工處理」，近年也是需求趨益殷切。

編譯對原文的加工，往往涉及兩方面的處理：一是原文內容按照需要而濃縮、刪節、調換次序、更改表達方式等，二是配合譯文稍為加進其他相關資料，使譯文讀者能更好理解。

於是，原文的本貌可能不再保存，譯文的「創造」反而以客戶、讀者或社會的需要為依歸。不過，加工的程度應該有所限制，譯文大體上仍舊保留原文許多的特色（否則會變成譯述、輯譯或譯寫），也不應該加進自己的意見，更不可扭曲作者的觀點。

用這種方法，譯文要注明作者和出處，例如「據 Carse, James P. *Finite and Infinite Games: A Vision of Life as Play and Possibility*. The Free Press, 2013. 編譯而成。」

(5) 譯述

這種方法結合翻譯與評述,以介紹作者的觀點及原文的內容為最終目標,注重讀者閱讀的「效率」——即是盡量吸引人閱讀和使用,方便他們理解、吸收、應用。

譯述跟前述四種處理方法最大的不同在於,作者不再是譯文的核心,而是由譯者負責報導與介紹內容。

究竟譯者需「介入」到何種程度,採用有多主觀的角度來介紹,其中涉及的因素包括客戶的意願、譯者自身的定位、案件的性質、讀者的需要、原文的文體和專業範圍等。

採用譯述法,譯文要注明作者和出處,例如「據 Carse, James P. *Finite and Infinite Games: A Vision of Life as Play and Possibility*. The Free Press, 2013. 譯述。」

(6) 輯譯

輯譯是整合多個原文資料來源,也可能加上譯入語的資料來源編纂,並用譯入語編寫成新的文章。

各篇原文所占的比重及譯者處理加工的手法,都有相當大彈性,有時是以單一原文為主,適度增添其他來源的資料,也有時是剪裁多篇原文的內容,匯集成新的語篇。

這種做法進一步減弱作者的角色,強調譯文的功能、譯文讀的需要等因素。譯者的自由度比前述五種方法大,責任也相應增加。

採用輯譯法,譯文是否注明資料來源,依文本性質(例如用在報章、雜誌、專書、廣播稿等)及取材方式而定:

- ◆ 有時無需標注
- ◆ 在文中以注釋分別注明不同部分的資料來源
- ◆ 在卷首聲明資料來源,或是在譯者序中說明

(7) 譯寫

譯寫給予譯者擁有相當大的自由度,將原文作為原料「加工」,按照需要增刪或加以發揮。

加工的過程往往涉及刪節、選擇、編纂,或是改變風格、加進譯者意見或個人特色等,目的是吸引及便於讀者閱讀。

附錄 2
中文與英語標點符號的比較

各種文字所使用的標點符號,往往不完全一樣,翻譯時若忽略了原文與譯入語間的差異,很容易造成誤會。

英語使用的標點符號規範,是經過數百年來不斷演變而成的,例如美式英語與英式英語也有所不同。相較之下,中文歷來並無系統化的、統一的標點符號,直至二十世紀初白話文運動期間,才開始參照西方語言的標點系統訂出較為統一的用法。

像逗號、句號等符號,中文和英語皆有,功能看似相似,但可能有本質上或程度上的差異,應予留意,切勿見到原文某符號,即不加思索搬到譯文中。

以下比較中文各主要標點符號與英文的異同。這些標點符號分為兩類:

- ◆ 點號——用來表達說話的停頓和語氣。
- ◆ 標號——用來標明詞語的性質和作用,有時也表示一定的停頓和語氣。

點號

英語			中文		
● 表示一個完整語句結束。 ● 用於某些縮略詞之後。 ● 用作小數點。	period/ full stop	.	。	句號	● 表示一個完整的意思表達完成。
			·	間隔號	● 用於中譯外國人名字和姓氏之間。 ● 用作小數點。
● 分隔一句話中並列的成分。 ● 分隔直接引述和導語。	comma	,	,	逗號	● 表示一句話的中間停頓。
			、	頓號	● 表示句中並列的詞或詞組之間的停頓。 ● 表示序次語之後的停頓。
● 用於並列的分句之間，表示較 comma 為大、較 period 小的停頓。	semi-colon	;	;	分號	● 表示並列的分句之間的停頓。 ● 表示較逗號大、較句號小的停頓。
● 表示列舉解釋或說明的詞語。 ● 引出對前文的補充、總結等。	colon	:	:	冒號	● 用於總起下文、列舉、引述。

• 用於信件或演說中的稱呼之後（美式用法，英式則多用 comma）。 • 分隔書名的標題與副標題。					• 用於信件或演說詞中的稱呼之後。 • 分隔書名的標題與副標題。
• 用於疑問句或語氣婉轉的祈使句後。 • 表示存疑或無把握。	question mark	?	?	問號	• 用於疑問句或語氣婉轉的祈使句後。 • 表示存疑或無把握。
• 用以加強語氣、命令或引起注意。 • 表示感嘆、讚美、嘲諷或玩笑。	exclamation mark	!	!	感嘆號	• 用以加強語氣、命令或引起注意。 • 表示感嘆、讚美、嘲諷或玩笑。

標號

英語			中文		
● 用於直接引述。 ● 用於引述文章、歌曲等。 ● 用所引述俚語、反語、借用語、定義、術語、詞性等。 ● 用來表示特定的稱謂或需要著重指出的部分。 ● 用來表示不真實或不予承認的話。	quotation marks	" " ' '	「 」 『 』	引號	● 用於直接引述。 ● 用於引述文章、歌曲等。 ● 用所引述俚語、反語、借用語、定義、術語、詞性等。 ● 用來表示特定的稱謂或需要著重指出的部分。 ● 用來表示不真實或不予承認的話。
● 在引述他人文字中插入自己解釋或評述的詞語。 ● 修正或標示原文中的筆誤。 ● 括出劇本中的舞台提示。 ● 作圓括號內的括號。	brackets	[ ]	[ ] 〔 〕	方括號	● 在引述他人文字中插入自己解釋或評述的詞語。 ● 對原文加以修正。 ● 括出劇本中的舞台提示。 ● 常作圓括號外的括號。

• 括出例證、引文出處、參見、補充說明等解釋文字。 • 括出表示列舉的數字或字母。 • 括出可省略的詞語。 • 括出可供選擇的內容。	paren-theses	( )	( )	圓括號	• 括出例證、引文出處、參見、補充說明等解釋文字。 • 括出表示列舉的數字或字母。 • 括出可省略的詞語。 • 括出可供選擇的內容。 • 常作方括號內的括號。
• 表示話語突然中斷、意思突然轉折或猶豫不決。 • 引出要強調的詞語。 • 分隔非限定修飾語、同位語或附加說明的詞語。 • 引出概括的詞語。 • 表示引文出處。	dash	-	——	破折號	• 表示話語突然中斷、意思突然轉折或猶豫不決。 • 引出要強調的詞語。 • 分隔非限定修飾語、同位語或附加說明的詞語。 • 引出概括的詞語。 • 表示引文出處。 • 表示後面有一個同義詞。

● 用於兩地名或兩數字之間，意思為「至」。						● 表示後面有一個同義詞。
			─	範圍號	● 用於兩地名或兩數字之間，意思為「至」。
● 用於複合詞。 ● 用於詞綴及詞根之間。 ● 用於兩個比分之間或兩個對手之間。 ● 用於置於斷字尾端，表示與下一行的斷字接續。 ● 用於拼詞。	hyphen	-	─	連接號	● 用於連接詞組。 ● 用於連結化合物名稱與其前面的符號或位序。 ● 用於公式、表格、型號、樣本等的編號。
● 表示詞語省略。 ● 表示語句的斷續、猶豫、停頓。 ● 表示整行詩文的省略。	ellipsis	…	……	省略號	● 表示詞語省略。 ● 表示語句的斷續、猶豫、停頓。 ● 表示整行詩文的省略。
● 表示名詞或不定代名詞的所有格。 ● 表示數字、符號、字母或詞形本身的複數。	apostrophe	'			（無）

• 表示省略的字母、數字或單詞。						
• 用於分隔替換詞。 • 用於分隔並列詞語。 • 用於某些縮略詞中。 • 用於某些度量衡單位中。 • 用於詩歌分行。 • 用於標音。	virgule/ slant	/	/	斜線號	• 用於分隔替換詞。 • 用於分隔並列詞語。 • 用於某些度量衡單位中。 • 用於詩歌分行。
（無對應符號，書名用斜體表示，文章、詩、歌曲等用 quotation marks 表示。）			《 》	書名號	• 表示書籍、報刊、法令等的名稱。
			〈 〉		• 表示書中的文章、戲劇、電影、歌曲等的名稱。
			―	間隔號	• 表示有些民族人名的音界。 • 表示有些書名和篇名的分界。

（無對應符號，多用斜體或大寫表示強調。）			．	著重號	表示文章中特別重要或者需要引起特別注意的部分。
（無）			✕	隱諱號	代替作者不願直言的人名、地名等字。
（無）			□	虛缺號	代替古籍版本上的字跡不清楚、無法查考的空缺字位。 ● 代替方言字。

附錄 3
各國人名的特色和譯法

翻譯過程之中不免會碰到人名。專業譯者要懂得處理人名的一般規則,熟悉各國人名特色,並知道有哪些工具書可參考。

正如本書第 7 章說明,中譯外國人名的基本原則是「名從主人」,先確認該人如何念自己的名字,再循標準漢語發音寫出來,可參考國家教育研究院出版的《外國學者人名譯名》,分別就英語、西班牙語、法語、阿拉伯語等語言,各設章節說明凡例、譯音參考表、常用姓氏以及學者人名。本書附錄 4 英漢譯音參考表節錄自該書。

以下英語人名的翻譯凡例摘自《外國譯名》,其他語言的翻譯凡例與譯音表請參閱該書:

英語凡例

1. 譯名以姓氏為主,以不少於二字,不多於五字為原則,雙姓則不受此限。雙姓之間以連字號「-」連接。
2. 姓氏為單音節且無法譯為二字,或有二人以上姓氏相同者,則姓與名全譯。
3. 譯名盡量避免使用負面、不雅、拗口、冷僻、歧視之字眼。

4 拼字不同而發音相同者,以使用不同漢字為原則。

5 重音音節原則上譯為第四聲之漢字。

6 子音 /r/ 與 /l/ 在字尾時,原則上不譯。

7 姓名發音以標準英語發音為準,並盡量依照原籍之發音。惟國際名人、歷史名人或自取中文姓名者,採約定俗成、名從主人之原則,沿用原譯名。約定俗成者若與實際發音有明顯落差,則於括號內附國家教育研究院英漢譯音參考表之譯名。

8 諾貝爾獎得主姓與名全譯。

(1) 英語姓名

英語中的 name,指名稱,以人名而言,則是華人概念中的「姓」和「名」的統稱。以下英語民族的姓名習慣適用於英國人、美國人、加拿大人、澳洲人、紐西蘭人等使用英語的人民。西方姓名習慣以名在前、姓在後,英語民族亦不例外。子承父姓,妻從夫姓也是其姓名習俗。

由於基督教的影響,英語民族的嬰兒出生後多在教堂接受洗禮,取基督教名(Christian name),如 Peter、Paul、Mary 等。而因教名數量有限,常由教名衍生出很多暱稱、小名,例如 Elizabeth 變成 Lisa、Eliza、Beth、Betty;William 化作 Willy、Bill、Billy;Catherine 喚作 Cathy、Kate、Kitty 等。

英語民族除了繼承父母姓氏外,名字的其他部分多少不等。對於具有多節名字的人,第一節通常是教名,第二節一般以縮寫表示,例如 Samuel T. Coleridge、George B. Shaw。另一個特點是子繼父名的也很多,因此父子同名同姓相當普遍。為了區分,會在兒子的名字後加 Junior 的縮寫 Jr.,翻成中文是「小……」,譬如好萊塢影星小勞勃道尼是 Robert Downey Jr.；黑人民權領袖馬丁路德金是 Martin Luther King, Jr.(其實應是小馬丁路德金,只因他名聲太大,習慣不譯「小」字)。

在英語國家也有未婚女子用父姓,婚後隨夫姓。鐵娘子柴契爾夫人 Margaret Thatcher,她丈夫姓 Thatcher,本姓 Roberts,合名應是 Margaret Hilda Roberts Thatcher。至於英國貴族,則常在名字前加 Lord 字,如英國浪漫詩人 Lord Byron(拜倫勳爵)、Lord Alfred Tennyson；也有加上其封地名的,如 Lord Greenhill of Harrow(哈羅・格林希爾勳爵),也可寫成 Lord of Harrow,當中 Harrow 是封地名。

(2) 法語姓名

法國人的姓名跟西方一般姓名習慣一樣是名在前,姓在後,如 Napoléon Bonaparte 中的拿破崙是名,波拿巴是姓。他的姪兒繼承叔父和爸爸的名和姓(Louis Bonaparte 是拿破崙的三弟),全名是 Charles Louis Napoléon Bonaparte(Charles 也是拿破崙爸爸的名字)也就是後來的拿破崙三

世 Napoléon III。另一個子繼父的顯著例子是父子皆著名作家的大仲馬（Dumas *père*）和小仲馬（Dumas *fils*），他們的姓名都是 Alexandre Dumas，*père* 意為「父」，*fils* 意為「子」。

這種傳承相信跟 1539 年的法國戶口籍制度有關，規定新生兒於戶籍簿上須登記其教名及父母的發名，此後法國人的姓名也就多由本人的教名（嬰兒由神父於教堂施洗並取教名的傳統從中世紀已開始）和父名或家族名組成。

因此，法國人姓名時常多達四、五節，如上述拿破崙三世。然而，一般稱謂只取其第一個名字，如前法國總統戴高樂，全名為 Charles Audré Joseph Marie de Gaulle，通稱為 Charles de Gaulle；有時也會選姓之前名字，譬如 Charles Louis Napoléon Bonaparte 就習稱 Louis Napoléon。

Charles de Gaulle 中的 de 在法國人姓名中相當普通，原本表示貴族出身，但如今已失去這層涵義。近年中譯法國人姓名時傾向將 de 字合併在姓前，de Gaulle 譯作戴高樂就是一例。除了 de 這個介詞外，法國人名的家姓前還常有冠詞 La、Le 等，也習慣跟姓氏連譯，如 La Fontaine 譯為拉封登、La Fayette（或寫 Lafayette）譯做拉法埃脫、Le Goff 譯為勒戈夫等。

妻從夫姓亦是法國傳統。在重要文件上，已婚婦女除夫姓外也應記本姓。譬如香港首位女大法官，婚後全名是

Mrs. Doreen Le Pichon nee Kwok，Doreen 是她自己的名字，Le Pichon 是夫姓，而 Kwok 則是本姓，nee 字的意思是「出生於某家」，不須譯出。法國人也有些用複姓。複姓的原因很多，其中一種是將夫婦二姓結合，如物理學家居里先生和居里夫人婚後就用複姓 Joliot-Curie，居里先生原名 Frederic Joliot（弗雷德里克・約里奧），夫人則是 Irene Curie（伊雷娜・居里），複合後一般夫姓在前，妻姓在後，故譯成約翰里奧 - 居里（注意是用短橫線）。因此，「居里先生」實際姓氏為「約里奧 - 居里」，並非隨妻改姓「居里」。

(3) 德語姓名

按西方傳統，德國人的姓名結構是名在前、姓在後，與大多數西方文化習慣相同。例如德國物理學家 Max Planck（馬克思・普朗克）是姓普朗克，名馬克思。

- ◆ 德國姓名結構與法國姓名也有一些相似之處：男子和女子有專用名字，如男子名 Johannes（約翰內斯）、Friedrich（佛利德利克）、Heinrich（亨利）、Nikolaus（尼古勞斯）；女子名 Elisabeth（伊麗莎白）、Susanne（蘇珊）、Margarete（瑪格麗特）等。

- ◆ 夫妻可用複姓，以德國常見姓氏為例如 Karlberg-Stein（卡爾貝格・施泰因）。不過在德國，婚後的家庭可以選擇用男方姓氏，也可用女方姓氏，通常以男姓居多。

◆ 德國人姓名之間也有介詞。在古代，德國人並無姓氏，僅有名字，為方便區分，會在名字後加上 von（也有用 van），再加出生地名，意思是「某地的某人」。十七世紀後，von 成了貴族名稱的附加部分，但現在已不再具貴族的含義。稱呼時，von 跟姓一起唸，但譯成中文時則單獨書寫加中圓點，如 Otto von Bismarck（奧托・馮・俾斯麥）、Ludwig van Beethoven（路德維希・馮・貝多芬）。

(4) 俄語姓名

俄羅斯人的姓名一般分作三部分：名、父稱和姓。所謂父稱，即在父親的名字上加添一個後綴而構成的名稱，例如俄羅斯無政府主義活躍分子 Peter Alekseyevich Kropotkin，整個名字的意思是「彼得」是「阿列克謝的兒子」，姓「克魯泡特金」。父稱的出現有兩個原因：一是俄羅斯人在稱呼對方時，通常稱名而不稱姓，但俄羅斯的常用名字不是很多，同名現象經常發生，所以就在自己的名字中加上父親的名字來說明是誰的兒子或女兒。如果在父名後面加 -evich 或 -ovich，那就是男用的父稱，在父名後加 -evna 或 ovna 是女用的父稱。

譬如俄國著名劇作家 Anton Pavlovich Chekov（安東・帕夫洛維奇・契訶夫），全名的意思是「安東」是「帕夫洛維奇」的兒子，姓「契訶夫」。

值得注意的是，親人和熟人之間，一般會將名字連同父稱一起叫，譬如俄國總統 Boris Nikolayevich Yeltsin（鮑里斯・尼古拉耶維奇・葉爾欽），熟人和親人可稱他 Boris Nikolayevich，而他的子女可稱他 Nikolayevich，這樣單獨稱呼父稱，是對長者表示尊敬及親密，然而他的政敵可能只稱他 Boris，因為若只呼名，既是表示友好但又不太親切。

而俄國姓氏同樣也分男姓和女姓，男姓常以 -ov、-ev、-in、-sky 結尾，女姓常以 -ova、-eva、-ina、-skaya 結尾。例如 Anton Pavlovich Chekhov 的妹妹名字為 Maria Pavlovna Chekhova。

(5) 匈牙利語姓名

匈牙利人的姓名與西方人姓名習慣可謂別樹一幟，反而跟東方人姓名次序相近。匈牙利人的姓名通常是一姓一名，姓在前，名在後。如匈牙利革命領袖 Kossuth Lajos（科蘇特・拉約什），Kossuth 是姓，Lajos 是名。

傳統上匈牙利婦女婚後改從夫名，以丈夫的全名後加詞尾 ne（意即「夫人」）為正式名稱，例如 Vass Istvanne（瓦什・伊斯特萬妮），意思就是瓦什・伊斯特萬的夫人。此外，由於匈牙利曾經是奧匈帝國的一部分，國內有不少日耳曼族人，所以匈牙利人名中也有相當多的德國姓名。如今匈牙利女性婚後可自由選擇姓氏形式，包括採用丈夫的全名或僅姓氏加上 -ne，亦可選擇保留原姓名。

(6) 西班牙語姓名

　　古時西班牙人的名字前有尊稱如 Don（譯「唐」或「堂」，指「先生」、「閣下」）和 Dona（譯「唐娜」或「唐尼亞」，指「夫人」、「太太」）。像傳說中的風流貴族唐璜 Don Juan，塞萬提斯筆下的小說人物 Don Quixote 唐吉訶德等便是，此習慣沿用至今。

　　西班牙語國家，包括西班牙和拉丁美洲國家（巴西除外）人民的姓名一般有三節或四節，次序是最後一節是母姓，母姓前一節是父姓，即自己的姓，父姓前一節或兩節是自己的名。例如前西班牙獨裁者 Francisco Franco Bahamonde（佛朗西斯科‧佛朗哥‧巴蒙德），Francisco 是自己的名，Franco 是父姓（父親叫 Don Nicolás Franco），Bahamonde 是母姓（母親全名是 María del Pilar Bahamonde y Pardo de Andrade）。而一般叫法都是取本人名和父姓，所以這位軍事強人的名字略作 Francisco Franco。

　　西班牙名字中常有介詞 de，如作家塞萬提斯全名為 Miguel de Cervantes Saavedra，翻譯時一般將 de 連譯：米格爾‧德塞萬提斯‧薩維德拉。

(7) 葡萄牙語姓名

　　葡萄牙語國家包括葡萄牙和巴西、安哥拉、莫三比克等國。葡萄牙語民族跟西班牙民族姓名相似，同樣是三節

或四節，不過父姓和母姓的次序跟西班牙語民族剛好相反，即第一、二節是本人名字，第三節是母姓，第四節是父姓。

子繼父姓是西班牙、葡萄牙語國家人民的共通點，不過若母方出身名門望族，兩者也有使用母姓代替父姓的。如前葡萄牙獨裁者 Antonio de Oliveira Salazar（安東尼奧‧德‧奧利維拉‧薩拉薩爾）就繼承母姓（母親名 Maria do Resgate Salazar），一般稱他為 Antonio Salazar。

拉丁美洲各國本來使用西班牙或葡萄牙語為主，但近年有大量外來移民，尤以義大利及德國人居多，翻譯的原則也有所調整。拼寫有明顯的外來姓氏特徵，按原來發音音譯，如義大利姓氏 Pucci 譯「普奇」，不按西班牙語譯作「普西」、德語姓氏 Schroeder 譯「施羅德」，不作「斯奇羅埃德爾」；若姓氏特徵不太明顯，則按西班牙語音譯，如義大利姓 Fabiani 譯為「法維亞尼」，不按義大利語譯成「法比亞尼」。

(8) 阿拉伯人姓名

阿拉伯人姓名一般為三至四節，第一節是本人名，第二節是父名，第三節是祖父名，而第四節則是家族姓氏。譬如，前沙烏地阿拉伯國王費薩爾的全名是 Faisal bin Abdulaziz Al Saud（費薩爾‧本‧阿卜杜勒-阿齊茲‧阿紹德），Faisal 是本人名，Abdulaziz 是父名，Saud 是姓，至於 bin，意思即某人的兒子，Al 則是放在姓氏前的定冠詞。

阿拉伯人多信奉伊斯蘭教，因此常有用伊斯蘭教先知或聖人的名字，如 Muhammad（穆罕默德）、Allah（安拉），Ahmad（阿合馬德，意即「可讚揚的」）、Amin（意即「忠誠的」）、Hussein（海珊，意即「好極了」）等等。前伊拉克總統薩達姆‧海珊和前約旦國王胡笙同樣都姓 Hussein，不過因為阿拉伯人的名字經常重複，唯有用不同譯法以茲區別。

另外，阿拉伯民族的人名前常有各種頭銜，有些時候，這些頭銜本身還會轉化為人名，所以翻譯的時候須查清楚究竟是頭銜還是人名。例如 Sultan（蘇丹）、Said（沙翊德）、Amir（阿密爾）等常見頭銜，例如奧圖曼帝國（Ottoman Empire）末代君主 Sultan Abdul Hamid II 中的 Sultan 是君主頭銜，而沙烏地阿拉伯太空人 Sultan Saif Al Neyadi 中的 Sultan 已轉化為人名了。

有些阿拉伯人名最後加了 din（丁）的稱呼，這也具有「宗教」含意，同樣也要翻出來，例如 Izz el din（埃茲丁）。

(9) 非洲人姓名

非洲土地廣袤，民族多樣，各民族的姓名稱呼相差很大，加上大部分地方曾受歐洲各國殖民統治，這使得當地人名的構成更複雜。大致來說：

◆ 以前由英國、法國統治的國家地區，當地人往往採用英、

法語的教名,但保留本民族語的姓,例如坦尚尼亞政治家 Julius Nyerere（朱利葉斯・尼雷爾）,前者是英語教名,後者是本民族語的姓。

- 南非白人的名字一般照英語、荷蘭語方式譯出。
- 安哥拉、莫桑比克等國人名不少採用外來名字,可照葡萄牙語方式翻譯。
- 赤道幾內亞人名不少採用外來名字,可照西班牙語方式翻譯。

近年非洲多國的姓名也開始本地化,人民紛紛廢棄教名,回復本族的姓名。有些國家雖然未廢棄外來的教名,但已把姓放在前面、名字放在後面,不過西方報刊往往又按歐美人的習慣把它再顛倒過來。

非洲各主要部族語言（例如祖魯、史瓦希利等）都有本身的取名傳統,近年又多變化,所以翻譯時若要精確,必須多加研究。

(10) 日本人姓名

古代日本,姓名屬於貴族,當時只有「氏」和「姓」是皇族和世襲的封號。直到平安時期,為了編土地冊才出現「苗字」,即如今日本人的「姓」。然而,平民百姓向來沒有姓,要到明治維新於 1898 年頒布戶籍法,每戶才有固定的姓,子承父姓,妻從夫姓。

日本人的姓名結構與華人相似，都是姓在前、名在後。日本人的姓從一個漢字至五個漢字皆有，如：原、岸（一字）；鈴木、村上（二字）；五十嵐（三字）；勅使河原（四字）；左衛門三郎（五字）。因此，日本人的姓名合起來短則兩個字、長則八九個字，如原真、井上清、德川家康、有吉佐和子等。

日本人姓名的發音相當繁複，翻譯時容易混淆。若以中文表示日本人的姓名，就以漢字表示，十分方便，因為大多數的日本姓名都用漢字寫成。然而日語對漢字有兩種讀法：音讀和訓讀。音讀是模仿中國古代漢字的發音，而訓讀則以日本固有的假名發音。日人姓名中用音讀的，如「安齋」讀 Ansai，用訓讀的如「豐田」讀 Toyota，也有音、訓混讀的如「有賀」讀 Ariga。還有一音多名的，像 Suzuki，可寫成「鈴木」、「進來」、「周周木」、「鱸」等，當然也有一名多音的，如「弘」可讀成 Hiroshi，也可讀成 Hiromu，「新家」這個姓可讀成 Shinya、Shinka、Araie 等。日本人的姓名讀法十分複雜，不易掌握，就連日本人自己碰到陌生人交換名片，亦往往不敢肯定該怎麼唸對方的姓名，要問個清楚以免失禮。

在書寫方面，有時為了分辨姓名，會將姓名以空格分開，如村上春樹寫成「村上 春樹」。譯者有時受中文習慣影響容易誤會，也有些時候因為有相似的姓和名，容易分不出名與姓，以「森松治郎」為例，既可是「森松 治郎」，

也可是「森 松治郎」。另外，因西方人的習慣是名在前，姓在後，所以西方國家翻譯時習慣將姓名次序倒轉，如將東條（Tojo）英機（Hideki）譯成 Hideki Tojo，亦須注意。

(11) 馬來西亞人的姓名

馬來西亞民族多元，主要是由馬來族人、華人及印度族人組成。印度族裔姓名譯法見下文介紹，華人姓名則多以閩南方言的拉丁化拼音方式處理。

馬來族人大多數信奉伊斯蘭教，所以他們的姓名跟阿拉伯人名往往很相似（見前文）。此外，馬來族人也常用多種頭銜封號，例如 Sultan（蘇丹）、Shah（沙阿）、Datu（達圖）等。

(12) 印度人姓名

印度人的姓名同樣是前名後姓，一般印度人都有兩名一姓（姓排在最後）。女性婚後多改用夫姓。在稱呼時，通常對男士只稱呼姓，對女士只稱呼名。

附錄 4
英漢譯音參考表

讀音＼中文讀音	b	p	d	dr	t	tr	g	k
	布卜	普浦	德得	(祝朱)	特	(楚初)	葛格各	柯科克可
a æ ʌ	阿	巴	帕(派)	達大	爪(綴)	塔	(垂綽)	(貫加格高)	卡
e eɪ	(艾埃)	貝	佩培	(德戴代)	追綴	(泰)	垂(崔翠)	(蓋)給	(克凱)
ə ɚ	厄爾	(伯柏)	(普柏)	德	(卓)	特	(綽)	葛格	柯克可
i ɪ j	易意伊	畢比	彼皮匹	狄蒂迪	(追綴)	悌堤提	(垂崔翠)	吉紀	(紀基)
ɔ o oʊ	歐	博波	珀波	寶斗(多朵)	卓	(托湯)投	綽	勾(高)	寇(考)
u ʊ	兀烏武	布卜	普浦	杜督	祝朱	涂	楚初	顧辜古	庫
ʊo		波		多	卓	拓托	綽	郭	闊
ju jʊ	右悠	比悠	皮悠	迪悠		悌悠		(久)	(丘)
aɪ	艾愛	拜白	派拍	戴代	踐	泰台	踹揣	蓋	凱開
aʊ	奧敖	鮑包	(鮑保包)	道島	(昭招)	陶	超潮	高	考
an æn ʌn	岸安	伴班	潘	丹	撰專	譚坦	川	甘	坎(康)

254

附錄 4 英漢譯音參考表

讀音	中文	b	p	d	dr	t	tr	g	k
aʊn æn ʌn	盎昂	榜邦	龐	當	莊壯	(湯唐)	創	岡	康
en ən ne əŋ	恩	本	(彭朋)	丹登頓鄧	(準)	滕騰(頓)	(春)	根耿	肯鏗
ɪn in iən jən	印因殷	稟賓	品	(丁)	(君)	(廷)	(群)	(金)	(金肯)
ɪŋ ɔn on ɔŋ	映英(翁)	並冰	(彭朋)	棟東	定丁(仲中)	(俊仲中)童	廷(崇充)	(群)龔宮	(京)孔(金)
un ʊn	汶溫	(彭朋)	頓敦	準	屯	春	(羣)	昆
ʊŋ	翁	(彭朋)	(東)	(仲中)	(屯)	(崇充)	(袞)	(昆)

讀音 \ 中文	v	w	f	z dz	ts	s/θ/ð	ʒ	ʃ
	(弗夫)	武伍	傳福夫法	(資茲斯*)	慈茨	斯思司	(日)	許(施史)
a æ ʌ	阿	(瓦)	瓦	法	(薩查)	(察查)	薩	(扎)	(夏沙)
e eɪ	(艾埃)	(魏衛維偉威)薇	魏韋維	費飛菲	(則澤)	(冊)	(塞)	(熱芮歌)	(謝薛)

讀音	中文	v	w	f	z dz	ts	s/θ/ð	ʒ	ʃ
ə ɚ	厄爾	(弗)	(沃華)	(傅福弗)	(則澤茲)	策冊	(瑟德)	(茲熱)	(舍歇雪)
i ɪ j	易意伊	(魏衛維偉威)	(衛威維)	(費菲)	(季威奇)	(齊契啟)	(席希西迪)	(日)	(石希)
ɔ o əʊ	歐	(沃)	(渥沃)	(佛弗)	(左)	湊	(索叟)	(柔)	(首守修)
u ʊ	兀烏武	(吳巫)	伍武烏	傅富福夫	祖	促簇	蘇	(儒)	(舒)
ʊo		(沃)	沃			措	索梭	(若)	(碩)
ju jʊ	右悠				(久)	(丘邱秋)	(修)	(汝)	(休秀)
aɪ	艾愛	(外泛)	外	(法艾)	宰	蔡才	賽	(哉)	(賽)
aʊ	奧敖				造	曹	(邵)	(饒)	(邵劭)
an æn ʌn	岸安	(范泛萬)凡	萬	范凡	贊	燦	散(桑)	(冉)	(善)
aʊn æŋ ʊŋ	盎昂	(王汪)	旺王	(梵方)	奘	倉	桑	(讓)	(尚)
en ən-e ne əŋ	恩	(文溫)	文	(芬封)	(曾仁忍)	岑	森	(任)	(沈申迅)

讀音	中文	v	w	f	z dz	ts	s/θ/ð	ʒ	ʃ
ɪn in iən jən	印因殷	(溫汶文)	溫文汶	(芬)	晉津(忍)	秦欽	(辛)	(信)	(欣辛)
ɪŋ	映英	(文)	(聞)	(芬)	(京)	慶青	(星)	(井景荊)	(邢行)
ɔn on ɔŋ	(翁)	(翁)	(翁)	鋒馮	(總)	(叢聰)	宋松	(戎容榮)	(熊)
un ʊn	汶溫	(溫翁)	文	(奉豐)	尊(潤)	村	孫遜	(潤)	(舜迅)
ʊŋ	翁	(翁)	翁	(奉)	宗	(聰)		(容)	(雄)

讀音 \ 中文	dʒ	tʃ	h	m	n	l	r	j
	(紀吉治)	曲	(賀赫何)	慕姆	恩	(勒爾)	爾	衣伊易義
a æ ʌ	阿	(賈傑)	(洽查)	哈	馬瑪	那納拿	拉(勒)	(拉羅瑞洛)	亞雅
e eɪ	(艾埃)	(傑)	(闊切)	黑	梅	內	雷	瑞	葉耶
ə ɜ	厄爾	(哲)	(徹察查)	賀赫何合	(墨莫摩瑪馬默)	(那納拿)	勒	(勒惹)	(耶葉)
i ɪ j	易意伊	(季基吉)	(戚契奇其)	(希)	米密	倪尼	李利里	(瑞李理利芮里)	易伊
ɔ o oʊ	歐	(周喬)	(邱)	侯(霍)	牟莫摩	(諾挪)	洛樓婁	(羅若洛)	游友

讀音	中文	dʒ	tʃ	h	m	n	l	r	j
u ʊ	兀烏武	（朱）	（楚）	胡扈戶	穆姆	努	陸路盧	（魯汝如）	尤佑
ʊo		（卓）	（綽）	霍	莫摩	諾	羅洛	（羅若）	
ju jʊ	右悠	（究）	（邱丘秋）	（修休）	（繆）	牛紐	劉	（柳）	
aɪ	艾愛	（翟）	（柴）	海亥	麥	奈迺乃	賴萊	（賴萊）	崖
aʊ	奧敖	（趙）	（喬）	浩郝豪	毛茂	瑙	勞	（勞饒）	姚堯耀
an æn ʌn	岸安	（詹）	（禪千）錢	韓漢	曼滿	南	藍蘭	（阮蘭藍）	嚴楊
aʊn æŋ ʌŋ	盎昂	（江張章）	（常昌暢）	杭	芒	囊（南）	郎朗	（郎朗）	楊洋
en ɚn ən eŋ	恩	（簡真）	（陳辰）	亨（韓）	孟門（曼）	能	冷倫	（忍仁倫冷）	（顏燕）
ɪn in ɪən jeŋ	印因殷	（金）	（覃欽）	（辛欣）	閔民敏	（寧）	林廉	（林廉）	殷印
ɪŋ	映英	（京敬）	（青）	（興幸）	明	寧	凌陵	（凌陵）	英應

讀音	中文	dʒ	tʃ	h	m	n	l	r	j
ɔn / on / ɔŋ	（翁）	（鍾仲）	（充歨）	洪宏	孟蒙	農儂濃	龍隆	（容榮戎龍隆）	雍永勇
un / ʊn	汶溫	（準）	（春群）	琿	（門）	（農儂濃）	倫	（潤閏倫）	雲
ʊŋ	翁	（炯）	（瓊）	（琿）	（蒙）	（農儂濃）	龍隆	（容榮戎龍隆）	（雍永勇）

注： 1. 括弧內為借用字
2. 表內字序原則上按語音接近度排序
3. 劃底線者為連讀
4. 「*」表示結尾為有聲 S
5. 本表取自國家教育研究院編著之《外國學者人名譯名》，該書公告於樂詞網供各界下載及參考。

附錄 5
數字使用法

翻譯過程中，不時會遇到原文中同時使用阿拉伯數字和文字數字的情形。譯者需了解一般的數字使用規則，及原文語與譯入語於數字用法的差異。

(1) 不宜用阿拉伯數字的情況

一般來說，不宜用阿拉伯數字的情況是：

- 每句話的開頭，不宜使用阿拉伯數目字，例如 "Five hundred and twenty-two people turned up at the meeting"，不作 "532 people turned up at the meeting"。

- 古籍讀物中的數字必須全文寫出，不用阿拉伯數字，例如「長十丈有八」不可改為「長 18 丈」。

- 用數字組成的專有名詞、成語等，不能改為阿拉伯數字，例如不可寫作「28 佳人」、「《3 國演義》」、「劉 3 姐」、「4 不像」、「9 品官」。

在一百以內的數目，除非有特殊理由，否則都應該寫出而不用阿拉伯數字，例如「在公司成立之後的七十六年

歲月之中，共購入了 781 台重型機器。」以下是一個特殊理由的例子：「投票結果是 84：81（去年是 95:62）。」

如果有些名稱本身有阿拉伯數字，應在量化時使用全寫數字，盡量避免混淆，例如 "Two hundred 747s were sold since 1994." 若寫作 200 架 747s 則易引起誤會。

(2) 應盡量用阿拉伯數字的情況

通常數目在一百以上，或數字頻繁出現、排比並列的，都應盡量用阿拉伯數字：

- ◆ 凡涉及度量衡及各種科技量度單位者，例如 75.2 米／秒平方、318 公斤、120 拉德、4 侖目／小時。
- ◆ 日期，例如「1999 年 12 月 31 日」。
- ◆ 編號，例如「第 17 號」。
- ◆ 百分比，例如 29%。
- ◆ 個位數若跟多位數一起出現，應一律用阿拉伯數字表示，以求一致，例如「黃組派出 121 人、紅組 23 人、藍組僅 8 人。」

以下舉例阿拉伯數字的用法：

▶ An increase in R_E from 150 to 900 Ω is roughly equivalent to a decrease in power by a factor of 5.

R_E 從 150 歐姆增至 9000 歐姆，大致相當於功率下降 4/5。

▶ The limit of FM system frequency utilization efficiency may be reached by SF-U4(6 GHz 2,700CH) system of SF-E2 (5 GHz 3,600 CH) system.

調頻系統的頻率利用率由 SF-U4（6 千兆赫 2,700 路）系統或 SF-E2（5 千兆赫 3,600 路）系統達到了極限。

(3) 必須使用阿拉伯數字的情況

如果原文的名稱、術語等本身用阿拉伯數字，通常應該保留，例如以下科技術語：

- U235　　　　　鈾 235
- Airbus A320　　空中巴士 A320
- ISO 9000　　　 ISO 9000

附錄 6
國際單位制
具專門名稱的導出單位

量的名稱	單位名稱	單位符號	其他表示式例
頻率	赫[茲]	Hz	s^{-1}
力；重力	牛[頓]	N	$kg·m/s^2$
壓力，壓強；應力	帕[斯卡]	Pa	N/m^2
能量；功；熱	焦[耳]	J	N·m
功率；輻射通量	瓦[特]	W	J/s
電荷量	庫[侖]	C	A·s
電位；電壓；電動勢	伏[特]	V	W/A
電容	法[拉]	F	C/V
電阻	歐[姆]	Ω	V/A
電導	西[門子]	S	A/V
磁通量	韋[伯]	Wb	V·s
磁通量密度，磁感應強度	特[斯拉]	T	Wb/m^2
電感	亨[利]	H	Wb/A
攝氏溫度	攝氏度	°C	
光通量	流[明]	lm	cd·sr
光照度	勒[克斯]	lx	lm/m^2
放射性活度	貝可[勒爾]	Bq	s^{-1}
吸收劑量	戈[瑞]	Gy	J/kg
劑量當量	希[沃特]	Sv	J/kg

注：[ ]內的字，是在不致混淆的情況下，可以省略的字。

附錄 7
非國際單位制單位

量的名稱	單位名稱	單位符號	換算關係和說明
時間	分	min	1 min=60s
	[小]時	h	1 h=60 min=3600s
	天（日）	d	1 d=24 h=86400s
平面角	[角]秒	(")	$1'' =(\pi/648000)$ rad（π 為圓周率）
	[角]分	(')	$1' = 60''=(\pi/10800)$ rad
	度	(°)	$1° = 60'=(\pi/180)$ rad
旋轉速度	轉每分	r/min	1 r/min=$(1/60)$ s^{-1}
長度	海里	n mile	1 n mile=1852 m（只用於航程）
速度	節	kn	1 kn=1 n mile/h =(1852/3600) m/s（只用於航行）
質量	噸	t	1 t=10^3 kg
	原子質量單位	u	1 u=$1.6605655 \times 10^{-27}$ kg
體積	升	L, (l)	1 L=1 dm^3=10^{-3} m^3
能	電子伏	eV	1 eV=$1.6021892 \times 10^{-19}$ J
級差	分貝	dB	
線密度	特[克斯]	tex	1 tex=1 g/km

注： 1. [ ] 內的字，是在不致混淆的情況下，可以省略的字。
　　 2. （ ）內的字為前者的同義語。
　　 3. 角度單位度分秒的符號不處於數字後時，用括弧。
　　 4. 升的符號中，小寫字母 l 為備用符號。
　　 5. r 為「轉」的符號。
　　 6. 在日常生活和貿易中，質量習慣稱為重量。

附錄 8
國際單位制構成十進倍數和分數單位的詞頭

所表示的因數	詞頭名稱	詞頭符號
10^{18}	艾 [可薩]	E
10^{15}	拍 [它]	P
10^{12}	太 [拉]	T
10^{9}	吉 [咖]	G
10^{6}	兆	M
10^{3}	千	k
10^{2}	百	h
10^{1}	十	da
10^{-1}	分	d
10^{-2}	釐	c
10^{-3}	毫	m
10^{-6}	微	μ
10^{-9}	納 [諾]	n
10^{-12}	皮 [可]	p
10^{-15}	飛 [母托]	f
10^{-18}	阿 [托]	a

注： 1. [ ] 內的字，是在不致混淆的情況下，可以省略的字。
      2. 10^4 稱為萬，10^8 稱為億，10^{12} 稱為萬億，這類數詞的使用不受詞頭名稱的影響，但不應與詞頭混淆。

附錄 9
羅馬數碼表示法

羅馬數碼記數法是靠各數碼的加減來表示的。

(1) 疊加法

　　幾個相同的羅馬數碼重復幾次採用疊加法，如：II 表示 2，XX 表示 20，MMM 表示 3000。

(2) 左減右加法

　　在一個大數碼左邊附著一個小數碼，則大數碼減去左邊的小數碼，例如：IV 是 4，VC 表示 95，IIM 表示 998，而在一個大數碼右邊附著一個小數碼，則大數碼加上右邊的小數碼，例如：VI 表示 6，CV 表示 105，CII 表示 102。

　　在一個長數碼中，「左」和「右」的確定是以最大羅馬數碼為依據，最大數碼的左邊為減法，例如 IV 表示 $5 - 1 = 4$，CD 表示 $500 - 100 = 400$；右邊的數碼則為加法，例如在 MCDLI 中，M 為最大數碼，即 $M + CD + L + I = 1000 + 400 + 50 + 1 = 1451$。在 MCMXXX 中，以第一個 M 為中心加右邊部分 CMXXX，後者為 930，總計為 1930。以此類推，MCXXX 為 1130，MMCIV 為 2104。

注 羅馬數碼的減法規則較複雜，說明如下：I 僅能置於 V 和 X 左側，分別表示 4 和 9；X 僅能置於 L 和 C 左側，表示 40 和 90；C 僅能置於 D 和 M 左側，表示 400 和 900。且減法不能有多個減數，因此 6、7、8 以 VI、VII、VIII 表示，不用 IVX、IIIX、IIX 表示，9 以 IX 表示，而不用 VIIII 表示，避免符號過多；30 用 XXX 表示，不用 XXL 表示，其它類推。

(3) 以 m 表示 1000 倍

以 m 表示 1000 倍時 m 會置於羅馬數碼之後，例如 XVm 表示 $15 \times 1000 = 15000$。

(4) 以橫線表示 1000 倍

某些數字上劃有橫線者，也表示為該數值的 1000 倍。如在上式中，$\overline{XV}$ 也表示 15000。

(5) 羅馬數碼書寫方式

1	I
2	II
3	III
4	IV
5	V
6	VI
7	VII
8	VIII

9	IX
10	X
11	XI
12	XII
13	XIII
14	XIV
15	XV
19	XIX

20	XX	110	CX
25	XXV	120	CXX
29	XXIX	130	CXXX
30	XXX	140	CXL
35	XXXV	150	CL
39	XXXIX	200	CC
40	XL	300	CCC
45	XLV	400	CD
49	XLIX	500	D
50	L	600	DC
55	LV	700	DCC
59	LIX	800	DCCC
60	LX	900	CM
65	LXV	1000	M
69	LXIX	1500	MD
70	LXX	2000	MM
75	LXXV	3000	MMM
79	LXXIX	4000	MMMM 或 M$\bar{V}$
80	LXXX	5000	$\bar{V}$
85	LXXXV	10000	$\bar{X}$
89	LXXXIX	50000	$\bar{L}$
90	XC	100000	$\bar{C}$
95	XCV	500000	$\bar{D}$
99	XCIX	1000000	$\bar{M}$
100	C		

參考書目

Deeney, John J. and Simon S.C. Chau. *ECCE Translator's Manual: An Annotated Bibliographical Handbook On English-Chinese Chinese-English Translation with Documentation and Organization Information*. Hong Kong: Department of Extramural Studies, The Chinese Univ. of Hong Kong, 1980

Newmark, Peter. *A Textbook of Translation*. Hertfordshire: Prentice-Hall, 1988.

---. *About Translation*. England: Multilingual Matters, 1991.

Nida, Eugene. *Toward A Science of Translating*. Leiden: E. J. Brill, 1964

Picken, Catriona. *The Translator's Handbook*. London: Aslib, 1989.

Anthony Pym 著、賴慈芸譯。《探索翻譯理論》（*Exploring Translation Theories*）。台北：書林，2016。

《MLA 論文寫作手冊，第九版》（*MLA Handbook*）。台北：書林，2021。

中國對外翻譯出版公司。《外國翻譯理論評介文集》。北京：中國對外翻譯，1983。

____。《翻譯理論與翻譯技巧論文集》。北京：中國對外翻譯出版公司，1985。

中國翻譯工作者協會翻譯通訊編輯部。《翻譯研究論文集 1949-1983》。北京:外語教學與研究,1984。

卞之琳。《哈姆雷特》。北京:作家,1956,頁 54。

孔慧怡、朱國藩編。《名師各法談翻譯》。香港:香港中文大學中國文化研究所吳爾泰中國語文研究中心,1993。

王佐良。《翻譯:思考與試筆》。台北:外語教學與研究出版社,1989。

史宗玲。《翻譯科技發展與應用》。台北:書林,2020。

朱生豪。《漢姆萊脫》。北京:作家,1954,頁 47。

余立三。《英漢修辭比較與翻譯》。北京:商務,1985。

吳潛誠。《中英翻譯:對比分析法(修訂版)》。台北:文鶴,2017。

吳獻書。《英文漢譯的理論與實際》。上海:開明,1928。

宋淇。《翻譯十講》。香港:辰衝,1969。

____。《翻譯叢論》。香港:中文大學出版社,1983。

李亞舒。《科技翻譯論著集萃》。北京:中國科學技術出版社,1994。

李根芳。《全球在地化的文化翻譯》。台北:書林,2016。

杜承南、文軍編。《中國當代翻譯百論》。重慶:重慶大學出版社,1994。

周兆祥。《漢譯〈哈姆雷特〉研究》。香港:香港中文大學出版社,1981。

____。《翻譯與人生》。台北:書林,1996。

____。《翻譯實務》。香港：商務，1996。

____。《專業翻譯》。台北：書林，1997。

周兆祥、周愛華。《翻譯面面觀》。香港：文藝書屋，1984。

周兆祥、陳育沾。《口譯的理論與實踐》。香港：商務，1988。

林以亮。《紅樓夢西遊記：細評紅樓夢新英譯》。台北：聯經，1976。

____。《文學與翻譯》。台北：皇冠，1984。

____。《林以亮論翻譯》。台北：皇冠，1984。

林語堂。《無所不談合集》。台北：開明，1975。

金隄。《等效翻譯探索（增訂版）》。台北：書林，1998。

思果。《香港學生的作文：專談遣詞造句》。香港：香港文化事業，1982。

____。《翻譯新究》。台北：大地，2001。

____。《翻譯研究》。台北：大地，2003。

胡功澤。《翻譯理論之演變與發展——建立溝通的翻譯觀。台北：書林，1994。

孫述宇、金聖華。《英譯中：英漢翻譯概論》。香港：中文大學校外進修部，1975。

張其春。《翻譯之藝術》。上海：啟明，1949。

張振玉。《翻譯概論》。台北：人人，1966。

張達聰。《翻譯之原理與技巧》。台北：國家書店，1982。

張錦忠主編。《翻譯研究十二講》。台北：書林，2020。

曹未風。《漢姆萊特》。上海：新文藝，1955，頁53。

梁實秋。《哈姆雷特》。台北：遠東，1967，頁66。

梁實秋、余光中等。《翻譯的藝術》。台北：晨鐘，1970。

許淵沖。《翻譯的藝術》。北京：中國對外翻譯出版公司，1984。

許淵沖。《文學翻譯談》。台北：書林，1998。

許鈞。《文學翻譯批評研究》。南京：譯林，1992。

陳大安。《譯評》。台北：書評書目，1974。

陳定安。《翻譯精要》。香港：商務，1990。

＿＿＿。《英漢比較與翻譯》。台北：書林，1997。

＿＿＿。《英漢句型對比與翻譯：英漢句子互譯比較》。台北：書林，2010。

＿＿＿。《科技英語與翻譯》。台北：書林，2021。

陳忠誠。《法窗譯話》。北京：中國對外翻譯出版公司，1992。

陳鵬翔。《翻譯史・翻譯論》。台北：弘道文化事業，1975。

單德興。《翻譯與脈絡》。台北：書林，2009。

＿＿＿。《翻譯與評介》。台北：書林，2016。

＿＿＿。《翻譯與傳播》。台北：書林，2025。

彭鏡禧。《摸象：文學翻譯評論集》。台北：書林，2009。

＿＿＿。《文學翻譯自由談》。台北：書林，2016。

曾約農。《漫談翻譯及寫作》。台北：學生英語文摘社，1971。

童元方。《譯心與譯藝：文學翻譯的究竟》。台北：書林，2012。

馮樹鑒。《英漢翻譯疑難四十六講》。杭州：浙江教育出版社，1987。

黃邦傑。《新編譯藝譚》。台北：書林，2006。

黃宣範。《中英翻譯：理論與實踐》。台北：文鶴，1986。

黃國彬。《翻譯與驅魔——談英語中譯》，《明報月刊》，1988年9月號，頁76-80；10月號，頁90-93。

黃榮恩。《科技英語翻譯淺談》。北京：中國對外翻譯出版公司，1981。

黃維樑。《清通與多姿：中文語法修辭論集》。香港文化事業有限公司，1981。

＿＿＿＿。《翻譯與語意之間》。台北：聯經，1976。

葉子南。《英漢翻譯理論與實踐》。台北：書林，2013。

葉子南。《認知隱喻與翻譯實用教程》。台北：書林，2014。

劉宓慶。《渾金璞玉集》。北京：中國對外翻譯出版公司，1984。

＿＿＿＿。《漢英對比研究與翻譯》。南昌：江西教育出版社，1991。

＿＿＿＿。《當代翻譯理論》。台北：書林，1993。

＿＿＿＿。《翻譯美學導論》。台北：書林，1995。

＿＿＿＿。《文體與翻譯》。台北：書林，1997。

＿＿＿＿。《英漢翻譯訓練手冊》。台北：書林，1997。

____。《翻譯與語言哲學》。台北：書林，2000。

劉靖之。《翻譯工作者手冊》。香港：商務，1991。

____。《翻譯與生活》。香港：法住，1994。

____。《神似與形似》。台北：書林，1996。

劉靖之編。《翻譯論集》。台北：書林，1989。

劉靖之編。《翻譯新論集》。香港：商務，1991。

蕭立明。《翻譯新探》。台北：書林，1992。

錢歌川。《翻譯的基本知識》。台北：開明，1972。

____。《翻譯的技巧》。台北：開明，1973。

____。《翻譯漫談》。北京，中國對外翻譯出版公司，1980。

錢鍾書。〈林紓的翻譯〉。《七綴集》。台北：書林，1990。

羅曼羅蘭、亞里士多德等。《名家論翻譯與寫作》。台北：志文，1970。

羅新璋。《翻譯論集》。北京：商務，1984。

譚載喜編譯。《新編奈達論翻譯》。北京：中國對外翻譯出版公司，1999。

____。《西方翻譯簡史》。北京：商務，1991。